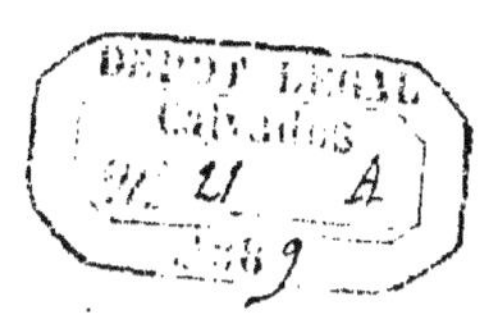

DE

CONDITIONE MULIERUM

JUXTA FORUM NAVARRENSIUM

DE

CONDITIONE MULIERUM

JUXTA FORUM NAVARRENSIUM

Thesim Facultati Litterarum Parisiensi proponebat

G. DESDEVISES DU DEZERT

CAEN

HENRI DELESQUES, IMPRIMEUR-LIBRAIRE

RUE FROIDE, 2 ET 4

—

1888

EGREGIO VIRO

D. L. GUILLOUARD

JURIS CIVILIS IN UNIVERSITATE CADOMENSI PROFESSORI

MAGISTRO OPTIMO ET CARISSIMO

G. D.

INDEX CAPITUM.

INDEX OPERUM QUIBUS HÆC THESIS FULCITUR.

Antequera (D. Jose Maria). — Historia de la legislacion española (ed. secunda), Madrid, in-4°, 1884.

Bidache (l'abbé). — La Poblation d'Oloron, Pau, in-12, 1881.

Coroleu (D. Jose) y Pella y Forgas (D. Jose). — Los Fueros de Cataluña. Barcelona, in-f°, 1878.

Dieste y Jimenez (D. Manuel). — Diccionario del derecho civil aragones, Madrid, in-4°, 1869.

Documentos ineditos sacados del Archivo real de la corona de Aragon, por su archivero D. Manuel de Bofarull y Sartorio. (tomo XXVI), Barcelona, in-8°, 1864.

Fors et Coutumes de Béarn, publiés en vertu des Lettres Patentes de Henri d'Albret du 27 novembre 1551. — Pau, 1552, in-4°; Lescar, 1602, in-4°; Pau, 1682, in-4°.

Fuero General de Navarra — Edicion acordada por la Exc^ma Diputacion provincial, dirigida y confrontada con el original que existe en el Archivo de Comptos por D. Pablo Ilarregui, y D. Segundo La Puerta. Pamplona, in-f°, 1869,

Fuero Juzgo (en latin y Castellano), por la Real Academia Española. Madrid, in-f°, 1815.

Gutierrez Fernandez (D. Benito). — Codigos o estudios fundamentales sobre el derecho civil español, Madrid, 1878, 7 tomos in-8°.

Hinojosa. — Historia general del derecho español (Tomo I°). Madrid, 1887, in-8°.

La Greze (J. Bascle de). — La Navarre française. Paris, 1881, 2 vol. in-8°.

Gomez de La Serna (D. Pedro) y Montalban (D. Juan Manuel). — Elementos del derecho civil y penal de España. Madrid, 1886, 3 tomos in-8° (ed. 11ª).

Lehr (Ernest). — Éléments de droit civil espagnol. Paris, 1880, in-8°.

Marina (D. Francisco Martinez). — Ensayo historico critico sobre la legislacion y principales cuerpos legales de los reinos de Leon y Castilla. Madrid, 1845, in-8°.

Mazure et Hatoulet. — Les Fors de Béarn. Législation inédite du XIe et du XIIIe siècle, avec traduction et notes. Pau, in-4°, 1841.

Moret. — Anales de Navarra. Pamplona, 5 tomos in-f°, 1766.

Moret y Prendergast (D. Segismundo) y Silvela (D. Luis). — La Familia foral. Madrid, in-8°, 1863.

Neues Archiv der Gesellschaft für ältere deutsche Geschichts Kunde (T. XII). Hannover, in-8°, 1886.

Oloriz (D. Hermilio de). — Fundamento, y defensa de los Fueros. Pamplona, in-8°, 1876.

Paquis y Dochez. — Histoire générale d'Espagne. Paris, 1856, 2 vol. in-8°.

Piscina (D. Diego Ramirez Dabalos de la). — Cronica de los muy excellentes señores Reyes de Navarra. Bib. Nat., mss. esp., n° 126.

Revue historique de Droit français et étranger (T. I). Paris, in-8°.

Romey (Charles). — Histoire d'Espagne. Paris, 9 vol. in-8°, 1849.

Yanguas y Miranda (D. Jose). — Cronica de los Reyes de Navarra, compuesta por el Principe D. Carlos de Viana. Pamplona, in-8°, 1840.

Id. Compendio de la historia de Navarra. San Sebastian, in-8°, 1832.

Id. Diccionario de los Fueros y leyes. San Sebastian, in-8°, 1828.

Id. Diccionario de las antiguedades de Navarra. Pamplona, 1840, 3 tomos in-8°.

Id. Adiciones al diccionario de las antiguedades. Pamplona, 1843. in-8°.

Zuaznavar (D. Jose Maria). — Ensayo historico critico sobre la legislacion de Navarra. San Sebastian, 1827-29, 5 tomos in-8°.

DE CONDITIONE
MULIERUM JUXTA FORUM NAVARRENSIUM

PROOEMIUM.

DE FORO NAVARRENSIUM.

Forum Generale Navarrensium, quod est quasi stirps nostræ hujus exquisitionis, inter antiquissimos Europæ codices meritò numeratur, septem abhinc seculis ad præsens tempus vigens, exceptis iis præscriptionibus quas nova lex abrogavit. Itaque *fons omnis navarrici juris* prope modum is dici potest, sicut et apud Romanos Lex XII Tabularum plerumque designabatur; resque videtur postulare ut de eo circumscriptè disseramus, quomodo institutum sit, et unde ortum, ac quibus auctoribus.

Navarra, in intimo Cantabrici maris recessu delitescens, perexigua Hispaniæ regio habetur, quæ à meridie ad Iberum pertinet, hinc Aragoniæ, illinc

Castellæ in confinio posita. In illo terrarum angulo, si incolarum memoriæ, eorumque scriptoribus adhibetur fides, Ibericæ gentes integerrimæ manserunt; salvo que immodico patriæ amore, Navarrenses plane constat esse sui juris summopere studiosos, et nihil non libenter passuros esse, antequam eo veniant ut cujusquam populi ditioni adscribantur, dignique ideo videntur esse quorum annales et gentile jus diligentissime excutiantur.

Magnam Navarrensium partem Roma sub ditione sua per D C fere annos habuit, exceptis tamen montibus, ubi gens locorum opportunitati confisa, Wisigothis fortiter obstitit (1); trigintaque annis vix elapsis a Wambà domitore, totam perindè Hispaniam Saraceni occupaverunt.

In hâc procellâ (2) Pyreneæ valles fere solæ intactæ manserunt, migrantiumque ingentem copiam apud se recepère; unde factum est ut leges ipsas Wisigothorum, ab iisdem secum asportatas, tota gentium Pyrenearum respublica (3) spontè acceperit. Hoc igitur

(1) Yanguas. *Compendio de la historia de Navarra*, p. 18.
Id. *Dic. de las Antiguedades*. V° *Villanos*

(2) « *Entonz se perdio Espayna ata los puertos, sinon Galicia,* « *las Asturias, et daqui Alava, et Visquaya, et de la otra part* « *Baztan, et la Berrueza, et Deyerri, et en Ansso, et sobre Jaca,* « *et encara en Roncal, et Sarasaz, et en Sobrarbe, et en Aynssa.* » — Fuero Gen. de Nav. *Principio.*

(3) A Saracena procella ad conditum Navarræ regnum, Pyreneæ valles propriis ducibus paruere, qui neque Saracenorum, neque Francorum, neque Asturum leges agnoscebant; eamque totam regionem Hispanici scriptores Pyreneam Rempublicam dicunt, nosque eorum vocabulum libentissime usurpamus, ætati

fuit Fori Navarrensis fundamentum. Compositum mature legum codicem habemus, quem tota Hispania « *Fuero juzgo* » appellat, nosque *Forum judicum* dicimus. In eo sequuntur procemium libri XII, in LIV, titulos divisi, iique in DLXXIV capita. Agitur in procemio de regibus eligendis, observatis præcipue Conciliorum Toletanorum (IV, V, VI, VII, VIII, XIII, XVI, XVII) canonibus (1) (633-694) ; sub ceteris titulis referuntur Cintaswinthi leges XCIX, Receswinthi LXXIV, Wambæ IV, Erwigii XI, Egicæ IX, nullius auctoris CLXXX ; antiquæ dicuntur L (2) ; unde intelligendum fortè est totum codicem, qualem sanè habemus, constare plurimis variæ ætatis partibus, quæ ex iterata primi Codicis evulgatione singillatim ortæ sunt.

Hanc opinionem, quamquam probabilem, solus ad hunc diem confirmabat Isidorus Hispalensis, qui primam legum conscriptionem Eurico (468-485) tribuebat. Sed quadraginta annis proximis eruditorum curâ in lucem prodierunt duo utilissima fragmenta

bene conveniens. — Cf. D. José Maria Antequera. *Hist. de la leg. esp. App.*, p. 514. Hinojosa, *Hist. gen. del derecho esp.*, I, p. 369. La Serna y Montalban, *Elementos del derecho civil y penal de Esp.*, I, p. 39-40.

(1) Concil. Tolet IV. anno 633, regnante Sisenando rege.

V.	636,	Swintila.
VI.	636,	»
VII.	646,	Cintaswintho.
VIII.	653,	Receswintho.
XIII.	683,	Erwigio.
XVI.	693,	Egica.
XVII.	694,	»

(2) Fuero Juzgo. *Ed. de la Acad. Esp.* Madrid, 1815, in-f°.

legis cujusdam Wisigothicæ (1), quæ præsentem codicem longe antecedunt. Horum unum *Blumius* (1847) edidit ex aliquo manuscripto libello palimpsesto antiquæ bibliothecæ Corbeiensis (2), in quo continentur partes plusve minusve integræ capitum CCLXXVII — CCCXXXIX; integra tantum restitui potuerunt capita quinque et triginta; alterum Holkhamii in bibliothecâ Leicesterianâ invenit *Gaudenzi*, universitati Bononiensi professor adscriptus (3). De compilationum illarum ætate eruditi minime consentiunt. Recaredum verum Corbeiensis fragmenti auctorem esse volunt *Blumius*, *Merckellius* (4) et *Cardenas* (5) (585-600); arguunt ex ipso codice auctorem esse legislatoris filium, quod

(1) « *Sub hoc rege Eurico Gothi legum statuta in scriptis habere* « *cœperunt, nam antea tantum moribus et consuetudine teneban*- « *tur.* » Isid. Hisp. in Eurico, *Esp. Sagrada*, VI, p. 494.

(2) Manuscriptum Corbeiense Gennadii (*Contin. in Vir. illustr. sancti Hieronymi*), in bibliotheca Sancti Germani Pratensis servatum ab anno 1750, hodie possidet Parisiensis Franciæ Bibliotheca, jam pro parte a monachis Sti Benedicti evulgatum, in libro dicto *Nouveau Traité de Diplomatique*, t. III, p. 150. Transcripsit *Knust* (1823), vita functus ante quam edere potuisset; post cujus obitum, *Pertzio* illustrissimo viro intercedente, *Blumius* fragmenta parisiana edidit. (*Recaredi, Wisigothorum Regis, Antiqua collectio, ex membranis deletitiis regiae Parisiensis Bibliothecae restituta, adjecta vulgata Wisigothorum lectione. — Die Westgotische Antiqua, oder das Gesetzbuch Reccareds des ersten. Halle* 1847.) — Cf. La Serna y Montalban, I, p. 25, Antequera, p. 71, Hinojosa, I, p. 359.

(3) Gaudenzi, *Un' antica compilazione di diritto romano, et visigoto, con alcuni frammenti delle leggi di Eurico, tratta da un manoscritto della Bibliotheca di Holkham*; Bolonia, 1886.

(4) *Zeitschrift. f. deutsches Recht.*, p. 281.

(5) *Estudios juridicos*, I, p. XVI-XXXVIII.

uni Recaredo, Leowigildi filio, convenire videtur. Alarici secundi opus esse docet *Petigny* (1); recentius esse Aniani Breviario opinatur *la Ferrière* (2); *Gaup* (3), *Haenel* (4), *Boretius* (5), *Brünner* (6), *Batbie* Euricum dicunt esse compilationis confectorem.

Agnoscunt probatissimi scriptores hispanici nonnullas leges in manuscripto parisiensi servatas Eurico regi tribuendas esse (7). Videtur contra fragmentum Leicesterianum legis Recaredi esse mutatio quædam, quam in Septimanià redactam fuisse opinatur *K. Zeumer* (8). Quoquomodo res se habeat, patet hodie leges Wisigothorum suis quasque vicibus fuisse conscriptas.

Antiquissimæ Wisigothorum leges edictæ fuerunt Eurico regnante (9); nulla tamen in Foro judicum

(1) *Dissertation sur l'origine et les différentes rédactions de la loi des Wisigoths* (*Rev. hist. de droit français et étranger*, I, p. 209-235).

(2) *Essai sur l'histoire du droit français.*

(3) *Ueber das älteste geschriebene Recht der Westgothen* (*Germanische Abhandlungen*. Mannheim, 1853, p. 27-62). Cf Dahn. *Westgothische Studien*, Würzbourg, 1874.

(4) *Lex Romana Wisigothorum*, p. XCVI.

(5) *Beiträge zur Kapitularien Kritik*, Leipsig, 1872, p. 17.

(6) *Deutsche Rechtsgeschichte*, I, p. 323.

(7) La Serna y Montalban, I, p. 27; Hinojosa, I, p. 356.

(8) K. Zeumer. *Eine neuentdeckte Westgotische Rechtsquelle* (*Neues Archiv der Gesellschaft fur ältere deutsche Geschichtskunde*, XII, p. 387-400).

(9) Credit *Marina* Euricum legis barbaricæ non fuisse auctorem, propterea quod codicem legum romanarum Alaricus, filius ejus, ediderit; non recte, ut opinor; potuit enim Euricus Wisigothis hoc est barbaris, leges dare, Breviariumque Alaricus subditis romanis ex alia parte concedere. — Marina, *Ensayo hist sobre la leg. de los reynos de Leon y Castilla*, p. 35.

occurrit ejus mentio; item nulla Leowigildi, quem fuisse legislatorem, præter historiarum scriptores (1), nemo docet. Recaredum primum nonnulli germanici scriptores opinantur leges quoque sanxisse : quod Lucas Tudensis solus indicat (2) ; tacet Isidorus. Primo capiti Proœmii inscribitur Sisenandus (631-636) in Foro judicum; tresque ejusdem leges ex quarti Toletani Concilii canonibus expromuntur, ideoque primus regum in Codice Wisigothico legitur (3). Longe major Cintaswinthi opera (642-649) ; nempe in septimo Toletano Concilio leges priscorum regum refici jussit, suasque adjici; indè Forum judicum, non illud quod possidemus, sed in multâ parte simile, et propè exactum ; Cintaswinthusque, rem expertus, leges romanas abolere, earumque disciplinam inter otiosa relegare tentavit (4). Patris opus Receswinthus implevit (5) (649-672), et quicunque lege romanâ in

(1) Isid. Hisp. *Hist. Goth.* in Leowigild.

(2) Luc. Tud.

Idem Marina, de quo supra, quasdam leges Fori judicum Recaredo tribuit, sub signis RCS, RCDS inscriptas, quod plane incertum est. Intelligi enim possunt his litteris sive Recaredus, sive Recesvindus.

(3) Lardizabal (*Discurso preliminar.*) negat tres leges ex concilio quarto Toletano expromptas ad Sisenandum pertinere; quas ceteri contra æstimant ad hujus usque tempus posse reportari (Vid. Marina, Morales, Garibay, Buriel, Zuaznavar). — Cf. Masdeu, *Historia de la Religion, gobierno y Cultura de la España Goda* § CVI-CXLIV. — Marina, *op. cit.*, p. 36,

(4) For Judic. L. VIII, tit I, lib. 2. — Discurso prelim., p. XXIV. — Marina, *Ensayo*, p. 35.

(5) « *Decernimus ut quaecunque negotia de quorumlibet quaerela vestris auditibus extiterint patefacta terminetis; in legum sen-*

judiciis uteretur eum triginta libris aureis jussit mulctari (1). Eodem regnante facta est Romanorum et Wisigothorum conjunctio, connubiaque hactenus vetita celebrari potuerunt (2). Priorum regum legibus Wamba quasdam novas addidit (3) (672-680). Erwigius (680-687) Wisigothorum codicem rursus edendum curavit (4), nulla interposita mora ; scimus enim leges, dum ipse imperabat, viguisse (5). In sexto decimo Toletano Concilio (693) nova codicis Wisigothici conscriptio Egica auctore decreta fuit (6), quam, Saracenorum tempore (7) ab omnibus acceptam, eamdem esse ac nostram pro certo habemus. Igitur Forum judicum constat ex regum Wisigothorum institutis legibus ab Eurico ad Egicam, in quibus principem tenent locum Cintaswinthus Receswinthusque ; plus minus emendaverunt Erwigius et

tentiis quae aut depravata consistunt, aut ex superfluo vel indebito conjecta videntur, nostrae serenitatis accommodante consensu, haec sola quae ad sinceram justitiam, et negotiatorum sufficientiam conveniunt ordinetis. » — *Conc. Tolet*, VIII.

(1) Zuaznavar, *Ensayo hist. crit. sobre la legisl. de Navarra*, I, p. 111. Codex Receswinthi in Bibliotheca Franciæ servatur (Ms., n° 4668), nec non in Vaticana (n° 1024).

(2) Discurso prelim., p. XXVI.

(3) Zuaznavar., *Op. cit.*, I, p. 117.

(4) For. Judic., lib. I tit. I, l. 2. — *Nam et hoc generaliter obsecro, ut quidquid in nostrae gloriae legibus absurdum, quidquid justitiae videtur esse contrarium unanimitatis vestrae judicio corrigatur.* — *Conc. Tolet.*, XII. — Codex Erwigianus in Bibliotheca Franciæ asservatur (n° 4418).

(5) Discurso prelim., p. XXVIII.

(6) For. Judic., Lib. III, tit. V, l. 6.

(7) Discurso prelim., p. XXXV. — Zuaznavar., I, p. 135.

Egica, cui postremam nostram compilationem debemus (1).

Fori judicum natura tota romana est, in quo multa occurrunt ad verbum translata e legibus romanis (2), præsertim e codice Theodosiano (3) ; tota etiam ex Isidoro Hispalensi translata est pagina (4), ut jam apud Hispanos fiebat, optimatium et Ecclesiæ dominatum redolens. Varia de eo scriptorum judicia. Leges *Montesquius* vult esse futiles et absurdas, inanes, reipsa vanas, formà grandiores (5) ; *Gibbo* contra maximè laudat (6). Earum indolem et naturam apte et breviter his verbis depinxit *Cancianus* : « *Wisigothorum*

(1) Jubente Sancto Ferdinando, Forum judicum in linguam castellanam translatum est (1241). — « *Statuo et mando quod liber* « *judicum, quod ego misi Cordubam, translatetur in vulgarem,* « *et vocetur Forum de Corduba.* » (*F, de Cordoba*, ed. de 1772).

Cf. La Serna y Montalban, I, p. 45. Lardizabal, *Disc. prelim.*, p. XXXVIII. Antequera, p. 97. Vulgatum est Parisiis a *Petro Pithaeo* (1579), sub hoc titulo : *Codicis legum Wisigothorum*, libri XII. Optime edidit Academia Hispanica (1815, in-f°). Addendi sunt labores *Scoti*, *Lindembrockii*, *Canciani*, *Giorgioquii*, *Alphonsi de Villadiego* (Madriti, 1600, 1792).

(2) *Disc. prelim.*, III, Marina, p. 36.

(3) Romey, *Hist. d'Espagne*, I, p. 326.

(4) Marina, *Ensayo*, p. 37.

(5) *Esprit des Lois*, liv. XXVIII, ch. 1.

(6) Gibbon, *Hist. Rom.*, t. IX, cap. 28 : « Quemdam e Conciliis « Toletanis recognovit et sancivit legum codicem, a regibus Wisi- « gothorum per vices decretarum, ab illo feroce Eurico, usque ad « pii Egicæ tempora. Antiquos et rudes majorum suorum mores « Wisigothi servabant, subditisque Hispaniæ et Aquitaniæ populis « data erat facultas leges et consuetudinem Romanorum sequendi. « Deinde proficientibus artibus, florente republica simul et reli- « gione, leges illas, prope alienas, abrogaverunt, novumque iis

« *codex ità comparatus est ut jus nec mere barbarum* « *referat, neque mere romanum, adeo ut vere dici* « *possit corpus juris romano-barbari, in quo plura* « *forte ex Romana Themide quam ex barbarorum* « *institutis petita sunt* (1). » Hispaniæ populos Forum judicum omnes regebat, incurrentibus Saracenis, nec christianorum jus esse desiit, donec crescente in dies regum auctoritate, peculiare jus in unoquoque regno factum est necessarium (2). Servatur in Aquitania (3) (844), in Septimania (4) (878). In primo Codice catalonensi (1068) *(Usaticos o Usatges)* Ramundus Berengarius, comes Barcinonensis, Almodisque uxor ejus sponte edixerunt se leges gothicas abolere nolle, sed iis silentibus tantum auxiliari. In pactis quoque Aragonum eodem seculo exeunte (1198) Forum judicum memorabatur (5). Sed ejus conscriptionem, justo imperio et vitæ cultiori convenientem, ægre tolerabant populi bellorum studiosi, qui plerique militando vitam degebant. Itaque paulatim obsolevit, unaquaque gente leges sibi eligente quas opportunas fore existimabat (6). Tunc ortæ sunt leges privatæ, chartæ

« adjuvantibus instauraverunt, communi omnium utilitati accom-« modatum, codicem, et quem omnes absque differentia seu pri-« vilegio debuerunt recipere. Paulatim victores desierunt teutonice « loqui, jurique paruerunt, et libertate usi sunt æque ac subditi. »

(1) Canciani, *In leg. Wisigoth. monit.,* p. 51.

(2) La Serna y Montalban, I, p. 65.

(3) *Praeceptum Caroli Calvi apud Tolosam.* — Baluze, *Capit. Regum Franc.*, t. II, p. 27.

(4) *Disc. prelim.*, p. XLIV. — *Constit. papae Johannis in concil. Tricass.* — Canciani, *Barbar. leg.*, t. IV, app. 1.

(5) *Disc. prelim.*, p. XLI.

(6) Lehr., *Éléments de droit civil espagnol*, p. 3.

civitatum, chartæ que regionales, « *cartas pueblas* » appellatæ, quarum id erat propositum, ut urbibus recens conditis aut domitis quam maxime faverent. Tunc etiam primæ municipiorum prærogativæ exstiterunt, quas Hispani « *fueros* » dicebant (1).

Post Arabum occupationem, Navarram per CC annos comites habuere, regibus Asturum plus minus fidi. Primus Sanctius Garcia rex designatus est (2) (905), et ineunte undecimo seculo Sanctius Magnus Nageræ civitati primam in historia Navarrensi relatam chartam (3) concessit (1012), quod Sanctius comes Castellæ sponte in usum civitatis Nave de Albura imitatus est (4).

Multæ in seculo duodecimo hujus generis chartæ, multaque documenta ; intra centum annorum spatium LVI reperiuntur, cum dici mentione (5) (1101-1201), et vix invenias in tota Navarra pagum ullum, vel modice frequentatum, qui chartam non habuerit, nec aliquot

(1) « *Fuero Despanna antiguamente en tiempo de los Godos « fue todo uno. Mas quando los Moros ganaron la tierra, per- « dieronse aquellos libros, en que eran escritos los fueros. E des- « pues que los Christianos la fueron cobrando, asi como la yvan « conquiriendo, tomaron de aquellos fueros algunas cosas, segunt « se acordaban los unos de una guisa, e los otros de otra. E por « esta razon vino el despartimiento de los fueros en las tierras.* » — *Especulo*, L. V, tit. v, 1, ap. Antequera, p. 125.

(2) « *In era DCCCXLIII surrexit in Pampilona rex nomine « Sancio Garseanis,* » (*Additio de Regibus Pampilonensibus ad Chron. Albeldense.* — *Esp. Sagrada*, t. XIII, p. 463).

(3) Cf. Tabulam dictarum legum in appendice.

(4) Romey, *Hist. d'Esp.*, t. V, p. 130.

(5) Cf. Tabulam in append.

ad hoc tempus servaverit ejus vestigia (1). Pleraque documenta latine scripta, eaque brevissima, in quibus civitatis prædictæ diligenter assignatur terminus. Hàc lege præcipuà, hoc jure cives in aquarum et pascuorum partitione utuntur: ibi quoque docentur « *villani* » quid agere debeant, quæ sint judiciorum formulæ, quid fures solvere jubeantur, quid homicidæ (2). Quædam in nonnullis chartis amplitudo, jurisque civilis cognitio apparet; sic in foro Sancti Sebastiani (1150) violentia raptus que puniuntur, militum hospitio liberantur fœminæ, partitiones bonorum inter matrem et filios ordinantur (3). Plus est in Estellæ foro lucis et rationis, nec minus amplitudinis (1165) (4), undè videre est novas res imminere.

Inter hæc omnia celeberrimum est Forum Sobrarbicum, Tutelæ civitati concessum (1117) ab Alphonso Bellatore (5), cujus textum, juris Navarrensis caput, servatum huc usque exstat in linguam castellanam translatum, tertio quidem et decimo seculo (6), ante

(1) Yanguas, *Dic. de fueros y Leyes*, *Introd.*, p. VII.

(2) Zuaznavar, F. de Nagera (1012), t. I, p. 297-301.
Antequera (1012), id., p. 130.
Tafalla (1092), id., p. 171.
Logroño (1095), id., p. 132.
Cabanillas (1124), II, p. 97.
Caseda (1129), id., p. 100.
Sanguesa la Nueva (1160), id., p. 103.
Larraga (1183), id., p. 194.
Los Arcos (1195), id., p. 204.

(3) Zuaznavar, II, p. 205-217.

(4) id. II, p. 134.

(5) Yanguas, *Dic. de las antig.*, I, p. 560.

(6) Anno 1330 tutelense consilium Forum Sobrarbicum diligen-

annum tamem 1270, cum tunc temporis Tutela civitatis titulum acceperit, villæ tantum nomine antea designata. Non idem certè est translationis textus ac Fori, sed omnium quos in manu habemus antiquissimus est. Scriptores nonnulli navarrenses Forum Sobrarbicum judicant Saracenorum occupationi fere æquale (1); si *Morel* et *Yanguas* potiores habentur, sive ad Ramirum primum Aragoniæ regem, sive ad Sanctium Ramiri filium (2) pertinet. Teste historiarum Academia ea videtur esse compilatio veterum tum legum, tum consuetudinum, quarum antiquissimæ ad ducum gentilium (3) tempora, vallibus Pyreneis imperitantium, sunt referendæ. Scilicet ex

tissime edendum curavit, cujus exemplar in ecclesia Beatæ Mariæ catenis implicitum detineretur, ut ceteri omnes codices ex eo possent recognosci, et emendari. Periit tamen, sed decimo septimo seculo, *Manuel Abad y La Sierra* novum exemplum ex tabulario Radæ in Aragonia pretio acquisivit, quod hodie in Bibliotheca Academiæ historiarum Madriti servatur. Duo ex illo exstant a *J. Yanguas* conscripta exempla, quorum unum in tabulario Navarræ (*Sec. de fueros. Leg. I, carp. 3*), alterum in Tutelensi deposita sunt.—Yanguas, *Dic. de las antig. V° Fuero et Tudela.*

(1) Anno 720 vel 730 christiani equites ccc, si veteribus datur fides, in montes confugerunt, elegeruntque sibi ducem Garciam Jimenem, Maurorum apud Ainssam victorem; sic regnum conditum est Sobrarbiæ, quod est *Crux super Arbam*, aut *super arborem*. Hujus institutionem sive Forum Sobrarbicum *Blancas* restituere tentavit, Legem XII Tabularum imitatus. — Antequera, p. 160.

Forum Sobrarbicum *Fra Domingo de la Ripa* anno 744 scriptum fuisse autumat. *Briz Martinez* autem anno 867 aut 872, Adriano II, pontifice maximo. — Antequera, p. 162.

(2) Yanguas, *Compend. de la hist. de Nav.*, p. 83.

(3) Antequera, p. 163.

illà compilatione in dies crescente oritur Forum illud Tutelense quod habemus, et ex illo Foro Tutelensi quasi ex fonte Forum Generale Navarrensium. Hujus Fori, Tutelensis ut aiunt, decimo secundo seculo fama tanta erat, ut post concessum civitati Tutelensi privilegium ab Alphonso Bellatore, vici XXVIII provinciæ Tutelensis illud rogaverint observandum, deletoque manuscripto, et penitus ignoto, in omnibus Tutelensis provinciæ pactis Forum tamen Sobrarbicum unicè memorabatur (1).

Indè patet in Navarra medio duodecimo seculo multas exstitisse chartas, quæ omnes ex usibus gothicis oriebantur. Ex his quædam satis amplæ erant, Forumque Sobrarbicum, in articulos CCCXXXVI divisum (2), codex verus esse videbatur. Nec mirum quod in mentem aliquot Navarræ regum aliquando venerit omnia hæc sparsa documenta in unum colligere. Sic anno 1090 Sanctius rex, Ramiri filius, regnique proceres, in *Huarte* congregati, edicta quædam tulerunt ad rempublicam spectantia (3); sic in Piscinæ Chronico Sanctius cognomine Sapiens (4) Forum reformavit; testaturque Zuaznavar se in vetustissimo bibliothecæ suæ libro manuscripto emendata Sanctii Sapientis jussu legum documenta legisse (5).

(1) Yanguas, *Dic. de las antig.* V° *Fuero.*

(2) Yanguas, *id.* *ibid.*

(3) Id., *Compendio*, p. 74.

(4) La Piscina, *Cronica de los muy excelentes reyes de Navarra. Bib. nat., Mss. esp.*, n° 126. Yanguas, *Compendio*, p. 106.

(5) Dicit Zuaznavar se habuisse manuscriptum quemdam codicem foliorum CCCXCIV, pergamenum, litteris rotundis, ut fieri solebat quarto decimo seculo, usque ad paginam CCCVI, et ita inci-

Quidquid id omne est de quo supra diximus, fatemur ad annum 1234 legum Navarrensium coadunationem esse referendam, ex quo Thibaldus, primus hujus nominis, Navarræ regnum accepit; ingens orta est seditio : dicebant Navarrenses regem Forum Sobrarbicum prorsùs ignorare. Quapropter ille decem optimates, viginti equites, decemque ecclesiasticos viros elegit, qui Forum rursus conscriptum emendarent; nec totum opus reficere jussi erant, agebatur tantum de regis et optimatum concordia (1), collectis antè omnibus civitatum et vicorum chartis, ad levandum opus (2). Anno 1305 Johanna de Campania, Franciæ et Navarræ regina, novem judices reformatores in Navarram misit, annoque 1309 tres in regno inveniuntur, post discessum Ludovici, Johannæ filii. Zuaznavar opinatur his temporibus Forum Generale conscriptum fuisse (3), quod nos quoque verisimile judicamus.

Servatur Forum Generale Navarrensium manuscriptum Pampilonæ, in chartis publicis, litteris conscriptum ineuntis quarti decimi seculi : eadem,

piemem : « *Daqui empieza el libro de los primeros fueros que* « *fueron faillados en Espainna, empues de la perdicion que fue* « *de los christianos en Espainna.* » Nullus in manuscripto titulus, nullum caput; sed unicuique legi littera sive rubra, sive cærulea præfigebatur, non sine ornamentis. Chartæ illæ, partim latini sermonis, antiquissimæ erant, Sanctiumque, ut ipse credebat, habebant auctorem. (Era de MCCXXX, — 1192.)

(1) Antequera, p. 328. Zuaznavar, II, p. 225. Yanguas, V° *Fuero.*

(2) Arch. de Nav., *Cartulario magno del rey D. Thibaldo*, 1°.

(3) Zuaznavar, III, p. 7, 8.

ut apparet, manu, novellæ (*amejoramiento*) à Philippo Eburovicensi anno 1330 concessæ (1). Item lex quædam Fori Generalis Philippi hujus aliquam habet mentionem (2). Undè patet Pampilonense manuscriptum post prædictum annum 1330 exaratum fuisse, et in claudente formulà cum idem Philippus designetur ut vivus (3), necesse est illius conscriptionem intrà annos 1330 et 1343 collocari. Haud dubium tamen videtur aliud antè exstitisse ex quo Pampilonense translatum fuerit. Anno 1329, Adhemarus Arthiati dominus, et Henricus de Sulliaco, Franciæ buticularius, Pampilonam venerunt, jurisjurandi formulam recepturi, quod Philippus et Johanna præstare debebant « *en la forma contenida en el capi-* « *tulo del Fuero General que comienza : Fue primera-* « *mente establido* (4). » Forum ergo Generale tunc temporis erat. Nulla insuper in eo Concilii publici mentio, nec trium regni ordinum, quod videtur demonstrare ante annum 1305 fuisse scriptum, convocato eo tempore concilio publico (5). Contrariam opinionem objicienti sane licet respondere : nempe

(1) Yanguas. *V° Fuero.*

(2) « *Et tajen las lenguas* (*de los falsos testigos*) *segunt el* « *fuero de D. Philip.* » (Lib. III, tit. III, cap. I.)

(3) « *En la fin del libro faillaredes la ordenanza del fuero* « *nuevo fecha por D. Philip, a qui de Dios vida.* » (Fuero General, p. xv.)

(4) Yanguas. *V° Fuero.*

(5) « *Carta de las Cortes de Navarra al rey de Francia : Al* « *muy esclarecido principe, D. Phelipe, por la gracia de Dios,* « *rey de Francia, Iñigo Lopez de Lumbier, prior de la iglesia* « *de Pamplona, e vicario general de la Seu vacante, los prelados,*

in concilio publico anni 1305 optimatum legati non occurrunt : Nec tamen tempus conscriptionis ultra modum est retardandum. In sermone, quem Yanguas linguæ duodecimi tertiique decimi seculi (1) judicat esse absolute finitimum, multa insunt verba gallicam referentia (2), unde patet illud non ita brevi tempore conscriptum fuisse post instauratos Campaniæ comites; nec multum errabimus, si intra tertii decimi seculi exitum, et quarti decimi initium reposuerimus.

Forum Generale nihil est aliud quam Forum Sobrarbicum recens editum, auctumque notabiliter, Prooemium in utroque historicum, multaque in utroque communia (3). Non tam in animo habuerunt compilatores omnes chartas navarrenses in unum corpus adunare, quam usus et mores ordinare, et breviter complecti. Leges antiquorum Navarræ regum (4), chartasque urbium et vicorum (*fuero es antiguo et anciano*) evolverunt, traditos mores (*agora*

« *cibdadanos, burgueses, e la universitad del regno de Navarra,* « *etc.....* » Yanguas, *Cronica del principe D. Carlos de Viana*, p. 155.

(1) Yanguas, *Dic. de los fueros*, p. IX.

(2) Ilarregui et La Puerta in vocabulorum indice numerant CLXII.

(3) Yanguas, *Dic. de las antig.* V° *Fuero.*— Zuaznavar, *Ensayo*, III, p, 138.

(4) Lib. II,	tit. I,	cap. II.	*D. Pedro Sanchez.*
» III,	» V,	» III.	*D. Sancho el Sabio.*
» »	» XV,	» XVII.	
» »	» XXII,	» I.	
» »	» II,	» II.	*D. Theobaldo.*
» »	» III,	» I.	*D. Phelipe.*
» »	» V,	» III.	

ros contaremos) non respuerunt, interdum enarrantes aut aliquam veterem fabulam, aut aliquod pulchrè dictum (*titulo de fazanias*) (1); opusque totum ex Foro Sobrarbico ceterisque chartis exprompt um non semel sapit leges gothicas, aut romanas Forumque judicum, ex quibus quasi ex primo fonte manavit (2).

Illud inprimis in Foro Generali singulare est, quod omnibus exterioribus formulis caret, quæ in actis solemnibus (3) non desunt. In fine tituli « *de fazanias* » legitur sub anno 1117 formula executoria, subscripta ab Alphonso Bellatore, Garcia Instauratore, Sanctioque Divite (4); sed quæ ex Foro

(1) *Fazania como una muger jurgada de lapidar fue deffendida. Fazania de como deve castigar ombre a sus criados. Que fue fecho de un ombre que estino a criatura muerta.*

(2) Gutierrez. *Codigos o estudios fundamentales*, t. VI, p. 49. — Sigismundo Moret y Prendergast. *La familia foral*, p. 76.

(3) Yanguas, *Dic. de las antig.* V° *Fuero.*

(4) « *Signum Aldefonsi, Yspanie Imperator. Signum regine Margarite. Signum Comitis de Pertica. Facta carta in mensis septembris sub era mil CLV (1117), regnante me Dei gracia rege in Ituina, in Navarra, in Aragon, in Suprarbe, in Ribagoza et in Ronzasvallis. Episcopus Stephanus in Osca, episcopus Petrus in Pampilonia. Episcopus Garses in Zeragusta, episcopus Michael in Santa Maria Udricturison. Episcopus Raymundus in Barbastro. Comes Quodme in Tutella. Redimirus Sancii. Seynnor Ennec Lopiz in Soria et in Burgos. Petrus Tizon in Stella et Monteaguto. Alfonso in Arneto. Seynor Furtuyn de Tena in Roncale. Seynor Furtuyn Garceyz de Biel in Ul et in Filera, mayordomo de Rege. Et ego Sanzius scriba, iusu Domini mei Regis, hanc cartam scripsi, et signum meum fecii. Capta fuit Tutella de yllustri rege Aldefonso prefacto cum Dei gratia et auxilio virorum nobilium terre, et [illegible] de Perticha, sub era*

Sobrarbico Tutelensi tota ad verbum expressa est, et diplomaticæ interpretationis regulis minimè convenit (1). Alphonsi Bellatoris uxor, cui nomen est Urraca, Margarita appellatur : Cæsaraugustensis episcopus dicitur Garcia, cum primus episcopus ejus urbis, anno 1118 recuperatæ, Petrus (2) nuncuparetur ; videtur quoque inexspectata obitûs Alphonsi post ejusdem subscriptionem mentio ad annum 1119, cum reipsa defunctus sit anno 1134 : nullus quoque Navarræ rex Divitis cognomen habuit : Vix in illa formula dignosci potest rude quoddam et imperfectum exemplar Fori Tutelensis, nec est in eo quidquam quo Forum ipsum Generale confirmetur, conscriptum annis saltem CL post obitum Alphonsi Bellatoris, centumque post defunctum Sanctium Sapientem. In locum publicæ sanctionis, Forum Generale apud Navarrenses mirâ celeritate invaluit. Philippus Eburovicensis, initio suarum novellarum declarat multa esse capita in Foro emendanda alia esse mutanda, aut saltem explananda (3), quod de Foro Generali interpretandum est, cui Philippi opus accedit in manuscripto codice Pampilonensi. Pluri-

MCLII, exunte mense Agusto. Obiit in Xto Aldefonsus Imperator V° die mensis Octobris, sub era MCLVII. Signum regis Garsie Pampilona, qui in elevatione sua forum iuravit, et confirmavit. Signum regis Sanci Navarre Divitis, qui in elevatione sua forum iuravit, et confirmavit. » (Fuero gen., p. 142.)

(1) Zuaznavar, III, p. 185.

(2) Yanguas, *Dic. de fueros y leyes*, p. XL.

(3) *Amejoramiento del rey D. Philip.* (F. Gen., p. 147). Triplex forum esse Philippus decreverat, nobilium scilicet, et burgensium et rusticorum, sed illud nunquam perficere potuit. Non tamen ex

mum auctoritatis habebat ineunte quinto decimo seculo ; Carolum enim Nobilem legimus jubere ut suæ novellæ, in unum codicem dispositæ, in Rationum æde conserventur, translatæque adjungantur Foro Sobrarbico, tum in bibliotheca ecclesiæ Pampilonensis, tum in ipso palatio. Vult insuper in omnibus regni civitatibus Philippi libellum (1) cum suo in Fori Sobrarbici codicem transcribi (kalendis februariis, 1418).

Si pauca a Philippo addita (1330) exceperis (nam Carolus conceptam reformationem (1418) non absolvit (2), textus Fori Generalis usque ad Castellanam irruptionem (1512) mansit immutatus. Scilicet anno 1511 in concilio publico rex Joannes Catharinaque uxor ejus Forum reformari cupiebant (3) ; abnuerunt legati, belloque superveniente, res in medio stetit Forique auctoritas iterum viguit (4).

Erraret tamen si quis Forum illud crederet in legis unicæ speciem acceptum fuisse, eodem videlicet titulo ac Forum judicium (*fuero juzgo*) in Hispania wisigothica. Nullum quidem forum privatum Foro Generali antiquabatur, Philippusque, leges navarrenses in unum corpus cum complecti vellet, urbibus simul injungebat, ut suam quæque chartam transcri-

illa regis cogitatione inducendum est Forum Generale his temporibus non exstitisse, Philippi tamen in animo erat leges melius ordinare, Justiniani exemplo, qui post Codicem Theodosianum, suum ipse proferre non dubitavit.

(1) Zuaznavar, III, p. 345.

(2) Antequera, p. 329.

(3) Arch. de Nav. *Recopilacion de autos de Cortes.*

(4) Gutierres, t. VI, p. 49.

beret, judicibus reformatoribus remittendam (1). Anno 1346 Johanna regina in suum ipsa usum Jacæ, Estellæ, Tutelæque (2) chartas volebat transcribi. Per totum decimum quintum seculum Johannes Aragonensis, Carolus princeps Vianæ, Leonora, ejusdem soror, Johannes de Albreto, Catharina de Fuxio, uxor ejus, urbibus chartas et privilegia concedebant. Forum itaque Generale quasi additicium jus erat quod silentibus chartis subveniebat (3), sicut, tacente Foro, juris romani præbebatur auxilium (4).

Forum Generale, quamvis a Castellano domitore fuerit verè corruptum, juris navarrensis semper fundamentum fuit. Anno 1588, marchio de Almazan in Navarra regis legatus, Philippi secundi nomine, illud publice accepit (5). Ediderunt Navarrenses annis 1686 (6), 1815 (7), 1869 (8), sitamque esse autumant in eo libertatem suam (9). Servaverunt ad hunc diem, nec Castellæ reges, quanquam non semel tentaverunt (10) potuerunt abolere.

(1) *Amejoramiento del rey D. Philip.* (For. Gen., p. 152.)

(2) Yanguas, *Adiciones al dic. de las antig.* V° *Fueros.*

(3) La Serna y Montalban, I, p. 148.

(4) Yanguas, *Loc. cit.*

(5) Zuaznavar, III, p. 185, 206.

(6) Ant. Chavier. Pamplona, 1686. In-f°. In ea editione truncatur textus, expurgatis iis quæ lædere poterant : « *la decencia y policia con que se tratan las cosas.* »

(7) *Pamplona*, 1815. *In-f° cum indice verborum.*

(8) D. Pablo Ilarregui y D. Segundo La Puerta. Pamplona. In-f° 1869, *cum indice locupletiori.*

(9) Cf. Hermilio de Oloriz. *Fundamento y defensa de los fueros. Pamplona, in-8°*, 1876.

(10) Cf. *Ley paccionada del año de* 1840. — Calatrava. *La abolicion de los Fueros.*

DE CONDITIONE

MULIERUM JUXTA FORUM NAVARRENSIUM

Qualis in legibus et in moribus conditio mulierum esset inspicere debemus. Mulieris autem duplex status in legibus, sive intra familiam, siva extra consideretur. Indè in opere nostro tres erunt partes : de muliere intra familiam, de muliere extra familiam, de muliere in eo quod ad mores attinet.

CAPUT PRIMUM.

DE JUSTIS NUPTIIS.

1° De statu mulierum ante matrimonium — de sponsalibus — de pactis nuptialibus — de donatione antiphernali, seu de arrhis.

In ea simplici vita, quam quarto decimo seculo Navarrenses degebant, nullus haud dubie mulierum cultus, nulla educatio; in quovis ordine, sive divitum, sive pauperum, mulier rei domesticæ aut etiam rusticæ operam dabat, et, cum nubebat, tum primum jure utebatur. Legitima hujus ætas ad nubendum anno tantum 1816 (1) in Navarra constituta est; antiquitus septem annos nata in tutelam suam perveniebat; Philippus Ebroïcensis voluit mulieri ad duodecimum, viro ad quartum decimum annum (2) tutelam differri; matrimoniumque credimus non ante licitum fuisse. Maritum filia a patre accipiebat, duobusque ante recusatis, in tertii potestatem venire cogebatur (3). Nullam tamen pœnam Forum constituebat in filiam quæ prohibente patre nubebat (4):

(1) Sig. Moret, *La fam. foral.*, p. 70. — *Amejoramiento de D. Philip.*, cap. I. — Jam forum Estellæ, forumque S^ti Sebastiani hanc legem sanxerant.

(2) In Catalonia ætas legitima XV annorum erat, in Aragonia XIV, licebatque ante nubere. *Usatge*: *Tutores*, tit. IV, liv. V.— Sig. Moret, *Op. cit.*, p. 26, 53. — In Bearnio puella minor VII annis fidem matrimonii facere non potest (*far credenza de maridadge* — F. Morlanense, art. 250) feminæ majores XII annis sui juris esse reputantur (id., art. 251) nisi de causa capitali agatur, quo in casu vir et fœmina XIV annis majores esse debent ut vindicta de eis a judice sumi possit (id. 281).

(3) Yanguas, *Dic. de las antig. Ve Matrimonio.*— Castellæ Foro regio patri interdictum est filiam invitam in matrimonium dare. (Lib. IV, tit. X, liv. VIII.)

(4) Darocæ forum (1142) filiam contra voluntatem parentum nubentem exhæredabat (Antequera, p. 169). In Castellæ Foro vetere eadem pœna edicebatur (Id., p. 155). Eadem quoque in lege Navarrensi (anno 1558). — Cf. *Novissima Recopilacion*. Lib. III, tit. IX, 1. — Leges bearnicæ vetabant seniorem villæ puellam ad nuptias invitis parentibus compellere. — *Item lo senhor no fara maridà filhas senhs voluntat de lors pay et may, si en han, o de lors autres parentz pluüs prochans, au caäs que no ayan pay ny may.* — For. Gen., I, 7.

de matris consensu tacebant leges; unde liquet matrem patris voluntate non posse plus valere. Nihil quoque reperimus de fratrum in orbam sororem tutela aut auctoritate.

In Navarra quamvis maxime viguerit nobilium auctoritas, magnum que interfuerit inter mulierem nobilem et villanam discrimen, nuptiæ inter nobiles et villanos nullo pacto prohibebantur (1), furtivumque connubium, anno tantum 1558 interdictum, non erat his temporibus adeo rarum, sponsique nobilis pudori in auxilium veniebat (2). Villana si cum aliquo nobili ante nubebat quam vectigal solvisset, immunis manebat (3), natique ex ea nobiles habebantur, modo res ejus omnes ipsi repudiarent (4). Mulier contra nobilis, quandiu villanum habebat maritum, ejus conditionem sequebatur, suamque dissoluto matrimonio recuperabat, sed filii ex ea procreati, villani perant (5). Item connubium etiam inter nobiles personas impar poterat videri, si contra forum regionis, aut contra jus dominii (6) contractum esset, forisque maritagium apud nostros dicebatur. In omnibus quæ ad consanguinitatem aut ad cognationem spectabant

(1) Ex Codice VII Partium homo ingenuus servam uxorem ducere poterat, salvo errore personæ (Antequera, p. 242).

(2) Gutierrez, *Elementos*, VI, p. 95. Ex VII Partibus liquet sacerdotem a publicandis ex cathedra nuptiis abstinere posse, si conjugum sive ætate, sive conditione, sive opibus nimia sit imparitas. — Part. IV, l. I, tit. III.

(3) Fuero Gen., l. III, tit. VIII, cap. IV.

(4) La Greze, *Nav. franc.*, tit. II, ch. V.

(5) Antequera, p. 311.

(6) Gutierrez, VI, p. 159.

jus canonicum legis habebat vigorem, resque omnis in ecclesiarum potestate erat (1).

Nuptias plerumque præcedebant sponsalia plus minus solemnia, qualia conjugum futurorum conditio, gentilisque consuetudo esse volebant. Multa de his in Foro judicum (2); Forum contra Generale fere silet; docet tamen celebranda esse sponsalia coram honestis testibus, nec videtur ullum sponsorum vinculum in sponsalibus, quod ad civile jus pertineat, exstitisse (3), nisi ab eo die quo de rebus excutiendis agendum esset.

In pactis nuptialibus duo insunt maxime necessaria : dos a patre constituta, donatioque antiphernalis sponsæ consignata a sponso, dictaque arrhæ (*arras*). Mulieris nobilis pacta nuptialia quinque habebant cautiones ; scilicet constitutæ dotis sponsus satisdationem per fidejussores obtinebat (4), mulierique genere proximus pro sponso spondebat se, marito recusante, certum boum numerum, C solidis æstimatorum, ei in locum arrharum præbiturum. His peractis, sponsa sponso suo se bonam probamque

(1) Dispensatio Martini V pontificis maximi pro connubio Blancæ de Navarra cum Johanne de Aragonia. *Doc. ined. de Arag.*, t. XXVI, p. 333.

(2) For. Judic., l. III, tit. I, v.

(3) Non tamen omittendum est legi civili canonicam legem subvenire, quæ in sponsalibus verum esse juris vinculum declarabat. — Cf. For. Judic., l. III, tit. I, cap. III.

(4) Anno 1338, Petrus de Aragonia uxorem duxit Mariam, Philippi Ebroicensis Johannæque reginæ filiam. Dotis Mariæ, quæ LX millibus librarum « *sanchetarum* » constabat, consilium Tutelense adsertor fuit, dote autem non soluta, rex Petrus consilium dotis reum fecit. — Yang., *Dic. de las antig.* V° *Reyes*.

uxorem fore promittebat; tribus ejus cognatis adfirmantibus. Eamdem sponsus fidem sua vice, eosdemque pro sua parte testes afferebat, se bonum probumque fore maritum; quatuor denique uxoris cognati fidem faciebant eam neque violentià neque blanditiis res sibi promissas pactaque nuptialia repudiare coactum iri (1). Quod quidem in lege gothica non reperias (2), nusquam in toto Foro Navarrensi pater familias dotem filiæ jubetur (3) conferre; mos tamen erat patres filiabus dotem constituere, lexque quodam modo præcavebat, monens indotatam patri ære alieno laboranti obnoxiam non esse (4). Summa dotis proprie varia (5), dosque regiæ virginis aut saltem nobilissimæ quinto decimo seculo luculentissima erat. Sic Beatrix, Caroli Nobilis filia, sexaginta florenorum millia (6), Leonoraque Johannis de Aragonia, Navarræ regis filia, quinquaginta florenorum millia (7) acceperunt; Leonoræ mater Blanca viginti et quadringenta florenorum millia, insuperque centum et duodecim florenos, cum sex solidis octoque denariis (8). Regis filiæ vulgo conceptæ quinque vel decem flore-

(1) F. Gen., l. IV, tit. I, cap. I.

(2) F. Judic., l. III, tit. I, cap. V. — In Catalonia, nec non forsan in Aragonia, ad dotem conferendam pater lege compellitur. — Sig. Moret, p. 23, 50.

(3) Sig. Moret, p. 70.

(4) F. Gen., l. III, tit. XVIII, cap. II.

(5) Dotem decimæ partis bonorum esse Forum Judicum volebat. — L. III, tit. I, 6.

(6) Yanguas, *Dic. de las antig.* V° *Beatrix.*

(7) Arch. de Nav. *Casam,* leg. I, carp. XIX.

(8) Doc. ined. de Arag., t. XXVI, p. 297.

norum millia in dotem dabantur ; satis erat virginibus nobilibus apud reginam in aula commorantibus centum aut ducentos florenos accipere (1). Omnia in dotem mulieri constituta ejus propria fiunt, et dotale matrimonium, Codice VII Partium instauratum in Castella (2), Navarra adeo suum fecit ut rem qualemcunque dotalem vendere maritus prohiberetur, vel ad præbenda parentibus alimenta (3). In principio tamen credimus non tantam exstitisse apud Navarrenses morum severitatem. Si liberi deficient, tunc, Foro auctore, quidquid alienatum fuit a marito redimendum erit ; res enim, si periret, detrimentum afferret mulieris agnatis, postquam tempus advenisset hæreditatem adeundi (4).

Ea erat de dote legum natura ; arrhæ tamen videntur fuisse longe majoris momenti. Si Codicem VII Partium excipias, quod quidem totum romanum est, in ceteris omnibus Hispaniæ legibus illud reperias germanici juris institutum (5) donationis antiphernalis, quam maritus uxori concedit. In jure germanico « *Morgenghiba* » seu munus matutinum pro pretio corporis habebatur, idemque leges hispanicæ duxerunt esse latius interpretandum (6) munusque æsti-

(1) Yanguas, *Dic. de las antig. Art.es Ijar, Zuñiga, Agramont, Aux de Armendariz.*

(2) Part. VI, tit. II, l. 1. — Part. III, tit. II, 5, 29.

(3) Sig. Moret, p. 67.

(4) Antequera, p. 212. — For. Gen., l. III, tit. XII, cap. XXI.

(5) For. Judic., l. III, tit. I, 4.

(6) Anno 1178, Johannes de Aragonia, pene octogesimum agens annum, puellam quamdam delicatam habuit ; quæ, rege mortuo, sponso non caruit. Cum autem maritus arrhas dare recusaret,

maverunt simul esse mercedem (1), cautionemque allatæ a muliere dotis (2). Nomen germanicum donationis antiphernalis (*Morgenghiba*) in Foro evanuit, diciturque tum arrhæ, scilicet cautio sive pignus, tum augmentum dotis; quod peculiare est, antè celebratas nuptias pacta sanciuntur (3), nec desunt viduis iterum nubentibus (4).

Arrhis constituendis Navarrenses in quolibet suo foro maxime favebant, nec eis finis aut modus imponebatur (5). Totum Aragoniæ regnum rex Sanctius Maximus uxori in arrham constituerat, latissimaque etiam privati conjugibus oppignerabant prædia (6). Mulieris nobilis arrhæ legitimæ tres erant hæredi-

puella aliquarum probatarum mulierum judicio se sponte obtulit, quæ cum eam virginem esse intactam adfirmavissent, arrhas maritus libentissime concessit. — Yanguas, *Dic. de las antig.* V° *Reyes*.

(1) In episcopatu Gironensi mariti donatio (*excreix*) dotis cautio esse videtur. In Catalonia fit pretium corporis, ut in jure germanico, simulque dotis cautio, ut in jure romano de donatione propter nuptias legitur. In Aragonia arrhæ dicuntur dotis cautio (*firma de dote*). — Sig. Moret, p. 22, 37.

(2) For. Gen., l. IV, tit. I, cap. I.

(3) Doc. ined. de Arag., t. XXVI. *Capitula matromonii infantis Johannis filii Ferdinandi I, regis Aragonum, cum infantissa domina Blancha, filia Charoli regis Navarrae.*

(4) Vide contra: *Fuero real de Castilla*, l. III, tit. II, 1, 1. Arrhæ decimam rei familiaris partem excedere vetitum est. — *F. de Cuenca* : Arrhæ constant XX tantum *maravedis* (Antequera, p. 135. *Nueva Recopilacion*, l. III, tit. II, 2). Lex Castellæ in Navarram importata est.

(5) Roderic. Tolet. — *Rerum in Hisp. gest.*, l. V, cap. XVI. Ap. Zuaznavar, II, p. 185.

(6) Yanguas, *Dic. de las antig.* Art^os. *Azut*, *Reyes*.

tates; villanarum arrhas lex non definit; non tamen inde concludendum est, ut falso docuit *La Greze* (1), villanas nubentes arrhas non accipere. In Foro Generali caput quoddam inscribitur (2) « *de matrimoniis nobilium et ignobilium, et de arrhis dandis.* » Patet ergo idem esse jus nobilium et ignobilium arrhas impetrandi. Fatemur in Foro adjici : « *estas arras son dadas a yfanzonas, et no a ninguna villana* » : hoc est arrhas ignobilium non esse trium hæreditatum, seu trium prædiorum, ut dicitur de arrhis nobilium; quid essent non docet, leges autem aragonicæ, Navarræ legibus adeo vicinæ, rimas explere sinunt. In Foro Oscæ quemadmodum in Foro Navarræ tres mulieri nobili assignantur hæreditates, ingenuæ (*franca*) solidi quingenti, villanæ quædam instrumenta (3) : item in Navarra agebatur. Arrhæ ad mulierem primo pertinebant, et secundum eam ad liberos ejus; sunt enim arrhæ « *res filiorum* « *matrimonii in quo promittuntur* » (4), nec mulier earum possessione se abdicare poterat, nisi patris consensu, aut fratris natu maximi, aut patrui natu maximi, aut natu maximi inter patrueles. Quod si nullus ex iis existeret, arrhas repudiare non poterat (5). In nullo casu arrhæ a marito repetebantur, nisi com-

(1) *Nav. franc.*, t. II, tit. II, ch. II.

(2) Fuero Gen., l. IV, tit. I, cap. I.

(3) Antequera, p. 311.

(4) Præceptum juridicum a *Gutierrez* citatum VI, p. 273.

(5) F. Gen., liv. IV, tit. II, cap. II. In lege aragonica non licebat marito uxoris arrhas alienare. — Dieste y Jimenez. *Dic. del der. arag.*, p. 61. — Arrharum maritus hæres non erat. — Sig. Moret, p. 38.

misso adulterio, et in liberorum potestatem tunc deveniebant (1).

Extrà dotem arrhasque leges Navarræ nullum videntur mulieri concessisse privilegium, ut in Aragonia et in Catalonia (2) mos erat. In duabus illis regionibus quædam instrumenta mulier sibi vindicabat, quibus plerumque utebatur, eaque, marito defuncto, antè omnia præcipiebat de re communi. Leges tamen Navarræ non tam mutilæ sunt quam sponte credimus : nam, ut infra videre est, mulier navarrensis omnium conjugis bonorum usu fruebatur, qui nullo modo poterat abrogari. Muliebria autem, si in dotem constituta fuerant, dissoluto matrimonio, recuperabantur.

Lex Navarræ in pactis nuptialibus vult esse societatem, sed tantum in acquisitionibus. Omnium bonorum communicationem, Romanis ignotam (3), Wisigothi in Hispaniam introduxerunt, quam Forum judicum pro lege accepit (4), et in Forum navarrense importavit; plurima in Chartarum Navarrensium docu-

(1) Sig. Moret, p. 65.

(2) In Aragonia, dissoluto matrimonio, uxor, ut foralia commoda sibi destinata, præcipiebat vestes, aurum, lectum in domo optimum, mulam tolutariam, duo boves aratorios cum jugis. Mulieri nobili vas argenteum et ancilla insuper dabantur. — Dieste y Jimenez, *op. cit.*, p. 60.

In Catalonia dona nuptialia (*regalos de boda*) erant cubile, vestes et ornamenta usitata, nuptialis annulus, et fibula quædem aurea vel argentea, minoris pretii. — Sig. Moret, p. 22.

(3) Pariter ac legi bearnicæ. — For Gen. *de marit et molhè* 1. — For. Morlan., art. 257.

(4) E. Lehr., *Elem. de droit civ. esp.*, p. 120. — In Vasconia (*Biscaya*) una valet bonorum societas. Sig. Moret, p. 84.

mentis fit mentio pactorum quorumdam gravium quæ conjuges simul admiserunt (1). In societatem veniebant acquisitiones in matrimonio peractæ (*bienes de ganancia, conquistas*) quarum dimidiam partem mulier obtinebat, proprias res aucturam (2). Jus illud dimidiæ partis mulieri tributum tanti æstimabatur, ut Irachense monasterium, undecimo seculo, donationem contra jus mulieris sibi concessam minuere debuerit (3). Conjugum societati nullæ in tota Hispania magis favent leges quam Forum Generale. Ibi enim, dote arrhisque salvis, omnia sive gratuita, sive onerosa in societatem incidunt. Unum patris aut avi heredium excipitur ; ignorantur paraphernalia, quorum prima fit mentio sub anno 1826 (4). Rebus ita ordinatis, et probatà cautione, nuptiæ celebrabantur.

Ante Sanctii Sapientis tempora, matrimonium pactum civile habebatur, quod mutua inter conjuges cautio affirmabat, constituebatque deductio uxoris in domum mariti (5), incertumque est an Ecclesiæ minis-

(1) Yanguas, *Dic. de las antig. Art*[os] *Galipienzo, Goñi. Grisen, Iriberri, Urreta, etc...*

(2) Sig. Moret, p. 65. — « *In hoc regno Navarrae dantur lucra « inter virum et uxorem.* » Praeceptum *Armendariz* in *Gutierrez*, VI, p. 285.

(3) Zuaznavar, II, p. 21. — Sig. Moret, p. 122. — In Castella, quam Codex VII Partium abrogaverat, societatem leges de Toro restituerunt. Lex Aragonum strictius definit. Nulla uxori lucrorum pars datur e lege catalonica.

(4) Sig. Moret, p. 65.

(5) Lex bearnica vetustissima vult matrimonium juxta legem Ecclesiæ celebrari, matrimoniique probationem ab episcopis et officialibus eorum administrari.— F. Morlan, art. 76.

terio uterentur. Sed die quàdam, cum Sanctius rex Petrum de Parisiis (1) Pampilonensem episcopum haberet comitem, vir quidam cum uxore obviam ivit, divortii beneficium implorans, Regem suà vice precatus est episcopus, ut represso tanto flagitio, matrimonium pronuntiaret esse indissolubile. Concilium optimatum, nobiliumque et equitum, a rege vocatum, assentire noluit; statutumque est illud videri posse indissolubile matrimonium, quod sub Ecclesiæ auspiciis celebratum esset, sive in officio missæ, sive coram capellano (2), annulo dato, et vicissim accepto. Ab hoc tempore duo in Navarra exstiterunt matrimoniorum genera, quorum unum civile, quod dissolvi poterat, stipulata ante retractationis pœna, alterum religiosum, quod non poterat. Paulatim mos increvit celebrandi matrimonii « *segun fuero de iglesia,* » matrimoniumque civile pellicatui assimilatum est.

Refertur Foro Navarrensi singulare aliquod experimentum virginis nobilis, non sine aliquo famæ damno, quæ sponso, antequam nuberet, virginitatis rationem debebat afferre (3). Facile credas morem adeo sævum cito obsolevisse. Quem Arabum gens verisimiliter introduxit, apud quam suspicaci invidia laborantem virginitatis quoddam corporale argu-

(1) Sic vocabatur Petrus quia in universitate Parisiensi studuerat. Ex Ambianis Pampilonam usque transtulerat S[ti] Firmini reliquias, quæ ad hunc diem coluntur in cathedrali S[tæ]-Mariæ Ecclesia. — Yanguas, *Compend.*, p. 106, not. 1.

(2) Fuer. Gen., l. IV, tit. I, cap. VII.

(3) Cf. *in append.*, p. III.

mentum quoquo pacto requirebatur. Quare nos consuetudinem, moribus christianis vehementer contrariam, si in Foro legimus eam, esse arbitramur miram lusoriamque commemorationem, quinto decimo seculo prorsus incognitam in totâ Navarra.

2° De statu mulierum, durante matrimonio.

Pactis nuptialibus uxori jura quædam conferuntur, quædam simul imponuntur onera : persona videlicet legitima minuitur, viri non semel interjecta auctoritate. De his partibus pauca in Foro Generali. In summum de mariti officiis mentionem facit, patriam potestatem breviter attingit, constituit tamen id esse liberorum officium ut parentibus egenis alimenta præbeantur. Vir fidem quamdam habet facile servandam, quæ corruptelæ morum locum dat irrependi : uxori intra ejusdem vici fines versanti debetur a marito concubitus, exutis ante braccis (*a menos de bragas*) (1). De ceteris non curat legislator. Uxore absente, pleno datur marito libertas, qui concubina uti potest, more majorum.

Regina Leonora de Castella, uxor Caroli Nobilis, derelicto per plures annos marito, in Castella patria commorabatur ; amicam (*amiga*) igitur Carolus, ut mos erat, sibi elegit, reginæque, moris hujus non insciæ, notum Gothofridum (*mossen Godofre*) per codicillos commendavit (2). Longe alia, ut facile

(1) Fuero Gen., lib. IV, tit. I, cap. III.
(2) Arch. de Nav., Caj. 104, n° 1.

credimus, uxorum fides, cujus in capite de stupris et adulteriis rationem dabimus.

Eadem fere brevitate Forum utitur in sustentanda uxore. Quotannis latam castulam cum manicis lana confectis, palliumque aut cucullam præbere debet vir nobilis, ut castulæ prorogetur tempus (1). Intra duos annos castulam ornabit pelle agnina, per æstatem subacta, zonamque dabit laneam (2). De villano siletur ; legi vero mores in auxilium veniebant, et quanquam ipsi severi in Navarra (3) fuerunt, plus uxores eliciebant e maritis quam pelles agninas, ut admodum credibile est. Quidquid in lege austerius lex ipsa temperabat : præcipiens saltem, ut apud plerosque populos solitum est, uxorem a marito secundum conditionem suam vestiendam esse.

Communiter conjuges cibaria in promiscuo habebant ; absente marito, aut si uxor exiguitatem cibi argueret, suam uxori partem lex assignabat. Vicesimo quoque die modius dabatur tritici (*robo de trigo*) (4), alterque famulæ ; in ambarum usum lardi

(1) « *Un zurambre de ensay, et una saya ampla con mangas de fustanio.* » Fuero Gen., liv. IV, tit. I, cap. IV.

(2) « *Al otro ayno devel dar peynnas a estos vestidos de corderunas de yerbas que matan por la Sant Juan, et una cinta que es feyta de lana, que es clamada fayssa.* » Id., ibid.

(3) Notanda est hic pictura quædam votiva, quæ cernitur in Ecclesia S[ti] Petri Olitensis. Tabellionis cujusdam hujus urbis domum repræsentat, ineunte quinto decimo sæculo. Uxor habet stolam pellitam nigri coloris; amplamque satis cappam, pariter nigram, cophiamque ingentem, et candidam, qua vultus ejus circumdatur.

(4) 27 litres 1/2.

pars aliqua, sex modiorum pretio æstimata, utrique vini quinque lagenæ « *cocas* » quarum dimidia pars aqua temperata (1). Nulla olei fit mentio, nec mirum, cum in Navarra ante quintum decimum seculum deessent oleæ. Modicus videri potest cultus, nec diffitemur; de minimo tamen agitur, sufficiebatque Hispanis parce viventibus, dummodo lac, caseum, oleraque adjicias, cæteraque gregis aut horti adjumenta.

Quod si de parentibus ad liberos transeamus, eorumque in illos jus et officium tractandum adeamus, breve etiam esse Forum judicabimus. Est sane caput quoddam inscriptum « *de criar fijo* » (2). Sed de concubina ortis est, a nutrice educandis, et in informandos pueros lex ipsa nihil curare videbatur (3). Puer septennis in tutelam suam deveniebat; e Philippi Ebroïcensis Novellis debebat sive duodecimum, sive quartum decimum agere annum (4). Patrem licebat liberorum culpæ non esse obnoxium, ea lege tamen ut eos in domum suam non exciperet (5); sic Romani pueros noxali pœna domo expellebant. Pater qui filium incautus aut ex impro-

(1) 5 pintes. — Fuero gen., lib. IV, tit. I, cap. IV.

(2) Fuero gen., lib. IV, tit. IV, cap. X.

(3) In hoc quoque legem civilem silentem canonicæ leges supplebant.

(4) *Amejoramiento de D. Philip.*, cap. I.

(5) Fuero Gen., l. V, tit. XI, cap. X. — « *Et si por aventura* « *aquest malfeytor assique no emmienda el dayno si entridiere a* « *furto o paladino en casa del padre o de la madre, deven poner* « *vozes et apellido, porque sepan los vezinos que a lur grado no* « *es entrado aquiella creatura.* »

viso occidebat non erat reus homicidii (1); sic de ludi magistro puerum castigante (2). Sane mores humanissimi ab istis legibus prorsus abhorrebant: etenim patria potestas a Romanis constituta, aut Codice VII Partium in Castellam (3) importata, in Navarra deerat, eaque tantum vigebat quam natura et religio simul definiunt (4). Illam mater cum patre pariter exercebat, et ipsa lex docebat filio nobili mortem esse potiorem quam si male educaretur (5).

Lex Navarrensis plus immoratur in alimentis quæ liberi præbere debent parentibus. Parentibus sive ægrotantibus, sive ætate provectis, sive egenis præbendus est victus, eaque est vis debiti, ut recusantium (6) bona vendere liceat. Duæ legis clausulæ obstant ne ex utraque parte fiat abusus: hinc a parentibus nulla reddenda est ratio munusculi alicujus ex hoc aut illo liberorum suorum provenientis, nisi res coram testibus aut tabellione notata fuerit.

(1) *Fuero de Medina Celi.*

(2) Fuero Gen., l. V, tit. IV, cap. VI.

(3) In Castella, secundum VII Partium Codicem, patri licebat filium castigare, pro rei necessitate vendere, in oppugnatione etiam edere (Sig. Moret, p. 132). Patriam potestatem Codex VII Partium patri concedit, matri negat; chartæ urbanæ, Forum Regium, Forumque Vetus matri concedunt viduæ (Sig. Moret, p. 131. — Lehr, p. 48). Nulla in Aragonia patria potestas (Lehr., *ibid.*, p. 48). In Catalonia jus viget romanum usque ad annum 1351; postea, mulier matrimonio emancipatur, etiamsi cum parentibus conjuges vivant (Lehr., p. 26). In Bearnio patria potestas locum habet (For. Morlan, art. 179-180).

(4) Gutierrez, VII, p. 174.

(5) Fuero Gen., liv. VI, tit. IX, cap. I.

(6) Sig. Moret, p. 72.

liberisque pro satisdatione sunt actæ a parentibus gratiæ (1). Sic levi munusculo a præbendis alimentis filii non liberari poterant, etiamsi ipsi munusculi pretium extollere non dubitarent, si patris aut matris querela sequeretur. Donum enim testibus aut conscriptione carens minimum esse videtur, nec ejus ratio habetur. Ex alterà parte liberi in malevolos parentes muniuntur; parentes enim a liberis nutriti aut vestiti, vendere bona sua prohibentur, aut pignerare (2). Lex illa eo magis consideranda, quo liberior est in Navarrensi jure testamenti factio. Hæc excipiendo æquum simul et cautum se præbuit, et dignum quod inter optimos Hispanici juris codices reponeretur.

Apud plerosque populos jus alimentorum conceditur tum liberis erga parentes, tum parentibus erga liberos. In Foro Generali, quod patriam potestatem ægre accipit, patrisque et filii personas minime consociat, jus negatur filio, totaque reponitur causa in animi affectibus et in æquitate (3). Nec immerito quidem; sic enim subtiliora quædam legum Aragoniæ (4) Castellæque (5) Forum Generale eludit, simulque e legibus nostris ortum flagitium, quæ liberis in eo immodice favent.

Superest ut de legali mulieris in matrimonio per-

(1) Fuero Gen., l. III, t. XIX, cap. v.

(2) Fuero Gen., l. III, tit. XII, cap. XIX.

(3) Vid. contra. For. Morlàn, 345; For. Gen. Bear. *De pay et filh*, 3, 4, 7.

(4) Dieste y Jimenez, *Dic. del. der. Arag.*, p. 40-41.

(5) Sig. Moret, p. 132.

sona disseramus. Primo aspectu diceres Forum Navarrense uxori parum favere, potestatemque ejus absque ratione et mensura minuere. Non potest sine mariti voluntate duos farinæ modios (1), aut panis, aut eorumdem pretium ad sustentandam domum mutuo sumere ; si mutuatæ res legem excedunt, maritus jure liberatur (2). Quod quidem si observatum esset, non longe a servitute discrepasset mulieris conditio ; si tamen diligentius inquires, Forum Navarrense benignum uxorique propitium apparebit. Nullo jure uxor caret ad ordinandam domum necessario ; habet contra privilegia in legibus negata melioribus. Uxoris bona gerit maritus, reginaque Leonora de Castella, uxor Caroli Nobilis, marito conferens bonorum suorum curam, in Castella sitorum, aperte declarat « *jure humano aeque ac divino* « *uxoris bona a marito gerenda gubernamdaque* « *esse* (3). » Nolente marito, uxor nec fundum vendere potest (4), nec quidquam e bonis distrahere, nec ultra triticei modii pretium spondere (5). Scilicet eæ prohibitiones summi sunt pretii ad servandam in domo concordiam, multaque ex illis omissis in legibus Aragoniæ Castellæque mala evenerunt (6).

(1) 55 litres.

(2) Fuero Gen., l. IV, tit. II, cap. v. — Gutierrez, VI, p. 166.

(3) Yanguas, *Dic. de las antig.*, v° *Reyes*.

(4) Fuero Gen., l. IV, tit. I, cap. vi.

(5) Id., l. III, tit. XII, cap. xiv.

(6) In Aragonia bonorum uxoris curator, debitam ei pecuniam, velit nolit, exigere debet (*Obs.* 33, *De jure dotium*). Contra uxori licitum est sine mariti consensu bona dotalia alienare (*Obs.* 39), datum sibi usumfructum alienare, forensiaque privilegia resque

Si mulieri, postquam nupsit, rei gerendæ jus ademptum est, maritus sua vice uxoris bona suo arbitrio non potest curare, legesque in mutuum utriusque conjugis commodum conscriptæ sunt. Bona dotalia alienare non licet ; nisi volente uxore (1) ; item cautum est ne maritus uxoris bonis uteretur ad ditandos per donationem proximos suos (2), arrhæque alienari non possunt nisi arctiorum propinquitatum consensu, in paterna uxoris cognatione (3). De bonis acquisitis ea tantum pars, quam habet suam maritus, alienari potest ; partemque alteram uxor societatis nomine sibi vindicat (4) integram.

Itaque bona uxoris maritus dissipare lege prohibetur, similiter et lege præcavetur ne uxor repentina voluntatis inclinatione sibimetipsi damnum afferat. Sed in omnibus quæ possunt augere societatem, utrique tribuitur summa libertas, uxorque sine mariti

acquisitorias, quæ lucrum dicuntur (*Obs.* 19, 58). Sibi etiam eligit curatorem, si cum marito causam agit (*Obs.* 13. *De procuratoribus*), huic fidem facit (*Obs.* 35, *De jure dot.* — *Obs.* 2, *De fidejussoribus*). — Cf. Sig. Moret, p. 45-47. Antequera, p. 316.

In Castella, uxor, si cum marito subscriptione propria se obligaverit, ea conditione tenebitur ut damnum ipsa non patietur. Item si maritus ei auctor esse noluerit, poterit judex auctor esse, loco mariti. Inde percipere licet quot et quanta ex istis legibus nasci possint dissidia.

(1) Fuero Gen., l. III, tit. XII, c. XIV. — Cf. For. Gen., *De Marit et Molhé*, 9, 15. — For. Vet., art. 264.

(2) Id., l. II, tit. IV, c. VI. — Cf. *Fuero de Estella*, ap. Zuaznavar, II, p. 172-173. -- *Fuero de San Sebastian*, id. ibid., p. 211.

(3) Fuero Gen., l. IV, tit. II, cap. II.

(4) Fuero Gen., l. III, tit. XII, cap. IV.

consensu aut quamdam supellectilem, aut etiam hæreditatem (1) potest accipere. Possunt maritus et uxor oneroso titulo contrahere (2); in eodem instrumento simulque testari. Addit quidam in Navarra jurisperitus « *testamentum conjugum licet in una* « *scriptura factum, censetur quod sint duo testamenta,* « *et duae dispositiones eorum* (3) sed prave; de uno enim eodemque facto agitur, nam defuncto uno, alteri jus negatur quidquam in pacto subscripto immutandi. Inde colligitur Foro Navarrensi pactum commune conjugum pro sacro habitum fuisse. Lex volebat eos sibi invicem damnum afferre non posse, nulli lucro non favebat quamdiù vigebat societas, communemque eorum voluntatem communi decreto sanciebat.

3º De statu mulierum dissoluto matrimonio; de dissolutione matrimonii; de secundis nuptiis; de usufructu viduarum; de tutela; de testamentis et successionibus.

Usque ad Sanctii Sapientis tempora (1170) (4), matrimonium, pactum proprie civile, dissolvi poterat mutuo consensu, sicut contrahebatur (5). Uxor, si

(1) Fuero Gen., l. IV, tit. I, cap. VI.

(2) Anno 1496, Martinus de Peralta, regni cancellarius, vendidit dominium de Fontellas uxori suæ Leonoræ Perez de Meneses, duobus et quingentis florenorum millibus. — Yang., *Dic. de las antig.*, vº *Fontellas.*

(3) Gutierrez, VII, p. 187.

(4) Yanguas, *Compendio*, p. 107.

(5) Viri tamen ecclesiastici divortium improbabant. Anno 1023

cum marito amplius vivere nolebat, tres ex suâ parte propinquos tresque ex parte mariti vocabat coram quibus illatas sibi injurias explicabat. Propinqui concordiam inter eos restaurare tentabant, qua recusata, dissolvebatur matrimonium. In divortio sua uxor recuperabat; dimidia pars ad unumquemque pertinebat tum lucrorum, tum supellectilium, tum debitorum, tum etiam liberorum. Si liberorum impar esset numerus, parem liberorum quos educarent numerum parentes sibi assumebant, pueroque reliquo communi impensa victum suppeditabant. Etiam post pactam semel concordiam, uxoris in potestate erat a marito separari; quo in casu cautores, ut quam minima esset in posterum cautio, singulari formulâ utebantur. Deductam uxorem in domum ei propriam, cubili revinciebant pedibus et brachiis præsente marito, ut luce clarius appareret illam deinceps solam vivere statuisse. Ex hoc tempore nihil erat quod petere posset, bonaque et debita, simul et liberi, ut ante diximus, dividebantur (1).

Maritus, dommodo nobilis foret, si divortium

Oliva Ausonensis episcopus, abbasque Rivi Pollentis, Sanctium Magnum dehortatus est iterum nubere, vivente priore uxore. Nempe, inquiebat, si novæ illæ nuptiæ populo forte essent majori utilitati, mos erat sub illa honesta specie se pronum ad vitia occultare. — Florez, *España Sagrada*, t. XXVIII, f° 281.

In Foro Judicum divortium adulterante uxore tolerabatur. — L. III, tit. VI, 6. — Divortium lex bearnica in quatuor casibus admittit, ex causa consanguinitatis, aut si conjuges fuerint simul padrinus et madrina, vel si uxor mesella facta erit, vel ore putido. (For. Morlan, 357.)

(1) Fuero Gen., l. IV, tit. I, cap. 1.

faciebat, nullius mulctæ erat reus; villanus bovis mulctam solvebat (1).

Post annum 1170, matrimonium ecclesiastico jure consecratum divortium non admittebat, sed divortium quoad torum et mensam in moribus permansit. Uxor domo abscedens ut cum alio viveret, bona amittebat propria, quæ maritus sibi habebat; arrhæ in liberorum usum veniebant. Si autem æqua discessus causa, apud aliquem proximum suum honeste vivebat, non ad maritum bona ejus deferebantur, quæ tamen ille gerebat, eorum rationem, stabilita iterum concordia (2), redditurus.

Unum legale dissolvendi justi matrimonii genus erat obitus utriusvis conjugum : scimus autem non pauca ab Ecclesia admitti vitia quæ pactum rescindant. Causæ hujus generis ad episcopale tribunal pertinebant, mulierumque in eo testimonium fidem faciebat (3). Iterum nubendi conjux superstes habebat facultatem; leges tamen Navarrenses his nuptiis non favebant quas nuperrime in Hispania quidam jurisperitus dicebat esse « *quoddam adulterium animi seu* « *fidei violationem* (4). » Demonstratur Navarræ leges a secundis nuptiis abhorrere ex hoc præscripto quod

(1) Id. ibid., cap. VII. — Sepulvedæ Forum uxorem in divortio viventem CCC solidis plecti volebat, maritum autem drachma dimidia (Zuaznavar, II, p. 105). — Maritum qui uxorem derelinquebat, ut cum alia viveret, Forum Darocæ jubebat bonis omnibus esse destituendum (Antequera, p. 169).

(2) Fuero Gen., l. IV, tit. III, cap. VII. — Cf. F. Gen. Bearn. — *De Marit et Molhé*, art. 13, 14.

(3) Fuero Gen., l. II, tit. VI, cap. XII.

(4) Sig. Moret, p. 191.

patri iterum uxorem ducenti liberorum tutela aufertur (1). Uxor vidua statim alii viro nubere poterat, legibus nequaquam interdicentibus, quod in Foro judicum, et in Aragoniæ Castellæque legibus negabatur (2); æque compertum est jus canonicum de quacunque dilatione silere (3); credendum est tamen festinatas illas nuptias vulgo improbari. Vidua nobilis bona propria, arrhasque recuperabat, et partem dimidiam lucrorum communium ad se devolutam, simulque de mariti bonis in reliquam vitam fructuum usum habebat (*fealdat*), et singulare illud credimus et inprimis laudandum in Foro Navarrensi (4).

In nullo alio Hispanici juris codice adeo grandia uxoris privilegia. Leges castellanæ dimidiæ aut etiam quartæ partis fructuum usum viduæ concedunt modo fidem faciat egestatis (5). Huic jus catalanum concedit per totum luctus annum in maritali domo commorari, bonorumque fructus percipere, donec

(1) Sig. Moret, p. 67. — Cf. For. Gen. Bearn (*De Marit et Molhé*, art. 12).

(2) Forum judicum, l. III, tit. II, cap. I. — Fuero de Huesca, ap. Antequera, p. 312. — Fuero real, l. III.

(3) Lehr., p. 56.

(4) Novimus quantopere lex Franciæ conjugis superstitis commoda neglexerit. — Cf. Boissonnade. *Etude sur les droits du conjoint survivant*; Paris, in-8°, 1874. In Bearnio uxoris ususfructus ex voluntate mariti non ex lege pendet (For. Gen. *De Marit et Molhé*, 4).

(5) Antequera, p. 244. Pars uxoris V libris aureis constare poterat (102, 705 r[les] 30 marav.) Lehr., p. 466. — In Foro de Cuenca uxoris ususfructus non potest excedere dimidiam arrharum partem, nec plus valere quam viginti marav. (id., p. 135).

dotem suam atque arrhas ipsa recuperaverit (1). Idem præscribitur in lege Vasconiæ (2). In Aragonia longe latior fructuum usus; omnes enim mariti fundos complectitur, eosque insuper quos maritus non assentiente uxore alienaverit, aut quos rex publicaverit (3): supellex excluditur (4). In Navarra viduitatis ususfructus in res omnes conjugis qui prior decessit mobiles aut immobiles exercetur, nullusque ejus est finis, nisi quum secundæ fiunt tertiæque nuptiæ. Interponitur enim in his aliorum persona, quorum jura observanda sunt. Vidimus a viro nobili tres dari uxori, arrharum loco, hæreditates; quâ defunctâ, trium habet usumfructum, unamque ex illis, si secundo uxorem ducit, secundæ uxori concedere potest, sed aliarum usum amittit. Si tertiam ducit uxorem, insuper novam hæreditatem sumit in parte concessa hæredibus primæ uxoris, sed usumfructum amittit in parte secundæ. Itaque in omnibus his exemplis sibi pugnat jus pignerationis, gradatimque minuitur (5).

(1) Usatge: *Recognoverunt principes*, ch. 4 et 5, anno 1351. Ap. Sig. Moret, p. 28.

(2) F. de Viscaya, tit. XX, 2. Ap. Sig. Moret, p. 86.

(3) Obser. 26. *De jure dotium.*

(4) Obser. 10. *De jure dotium.* Item non habet locum in hypothecis alterutri conjugum concessis ad tempus (*en violario, a treudo*), neque in dotali uxoris prioris hypotheca, secundo superveniente matrimonio. Marito ususfructus non competit in arrhis uxoris, nisi aliter pactum fuerit, nec tabellionis vidua, ususfructus titulo, usum habet formularum mariti sui. — Sig. Moret, p. 55.

(5) Cf. For. Gen. Bearn. *De Marit et Molhé*, art. 8. — For Vet., art. 259.

Conjux superstes, si in viduitate usumfructuum velit possidere, omnia debet ante recognoscere, quod nequaquam potest omitti (1). Solvenda sunt ab eo hæreditatis debita, sustentandi liberi matrimonio orti. Cum in bonorum possessionem venerit, nec vendendi, nec permutandi, nec alienandi habebit facultatem; singulas vites putabit; arbores fructiferas vitibus intersitas servabit, ædiumque tuebitur incolumnitatem; si vel unum ex his per totum annum totamque diem neglexerit, fructuum usu statim privabitur (2).

Uterque conjux iterato matrimonio (3) usumfructum amittit. Tunc pater aut mater inter liberos bona debent partiri, liberisque non assentientibus ulteriusque intercedentibus satis erit matris arrhas restituere. Arrhis deficientibus liberi dimidiam bonorum partem obtinebunt (4). Uxoris hæredibus probandi matrimonii clandestini datur facultas, cum de marito superstiti et fructibus utente agitur; maritus autem jurejurando affirmare poterit concubinam esse ancillam aut ostiariam non uxorem, eaque conditione securus abibit. Uxor autem, si mortuo marito (5) moribus prolabitur, omnino spoliatur (6). Parem esse

(1) Gutierrez, VI, p. 293. — Lex LXI Concilii anno 1761 habiti bonorum recognitionem intra tres menses fieri jubet.

(2) Fuero Gen., l. IV, tit. II, c. III, IV.

(3) « *Per transitum ad secundas nuptias, stante hoc foro nostro, amittitur ususfructus, quem habebat superstes in parte praedefuncti, vel praedefunctae.* » — Armendariz, Ap. Gutierrez, VI, p. 298.

(4) Fuero Gen., l. IV, tit. II, cap. III.

(5) Cf. Obser. 13. *De jure dotium.*

(6) For. Morlanense viduæ usumfructum concedit, etiamsi

omnino uxoris et mariti conditionem voluisset Carolus Nobilis, maritumque superstitem usufructu spoliari, si concubinam haberet; legem esse mutuam Navarrenses noluerunt (1).

Villanæ uxori devolvi usumfructum Forum non dilucide declarat; facilius tamen inde inductum est illum esse illicitum. Nulla enim in Foro prohibitio (2); legem mores plerumque supplebant (3), sed de ea re præceptum in conscriptione Compilatio Novissima introduxit (4).

Cum legitimus fructuum usus conjugi superstiti liberos traderet alendos, inde videtur uxor nobilis, usum fructuum habens, patria potestate ornari. Scimus quoque quam infirma exstiterit apud Navarrenses illa auctoritas; et satis est, hujus rei mentionem facere, si quis velit, jus illud uxoris non esse contendentibus plane respondere (5). Tutela quidem liberorum semper hæreditatis onus fuit, materque, si tutrix dicitur, gratia est hujus sententiæ : « *ibi onus* « *ubi emolumentum.* » Sic villana quæ pignus non habet, hoc est ususfructus emolumentum, tutelam non habet, liberique mariti propinquis permittuntur,

vidua corpus suum stupratoribus tradere non dedignata fuerit (*fe largesse de son coos*), art. 291.

(1) Yanguas, *Dic. de las Antig.*, v° *Fuero.*

(2) « *Como Villano non puede tener fealdat.* » — *Nuill Villano sis casare con otra villana, o villana con villano, et sis se muera sen creaturas el uno deyllos, non sea tenido el vivo de tener su heredat, que no es fuero.* » — Fuero Gen., l. IV, tit. II, cap. v.

(3) Gutierrez, VI, p. 291.

(4) Nov. Recopilacion, l. III, tit. V, 3, ap. Sig. Moret, p. 75.

(5) Sig. Moret, *op. cit.*, p. 71.

usque ad septimum annum. Quo elapso, cum ipsi sui juris facti sunt, in matris domum, si iis placet, redeunt (1). Si proximi, ex patris latere, liberorum omnium curam sibi vindicabant, omnia eorum bona sumebant; si fortè inter matrem et mariti propinquos liberi dividebantur, bonorum simul partitio erat. Liberorum educatio semper hæreditatis onus esse videtur; eam vero nusquam habet publici muneris naturam, quam Romani tribuerant et quam ei restituere Codex VII Partium tentavit (2).

Uxori post dissolutum matrimonium novam induenti personam novamque erga liberos potestatem accipienti non solum omnia societatis lucra in proprium usum deveniebant, sed extra familiam, sublata quam experta fuerat capitis deminutione, plenam bonorum dispositionem recuperabat.

Superest ut in jure muliebri videamus quid Forum Navarrense præscriberet in successionibus ab intestato, donationibusque et testamentis. Si rectum sequimur, eadem est in dando vel in accipiendo viri et uxoris libertas; in successionibus ab intestato, quales lex vult esse, nihil interest « *ratione sexus* » inter virum et fœminam (3), quoties de honore aut feudo non agitur, ipsaque regalis successio ad fœminam (4) spectare potest, quam in hoc casu Navar-

(1) Fuero Gen., l. II, tit. IV, cap. xx et xxi. — Cf. Antequera, p. 169. — Sig. Moret, p. 81.

(2) Lehr., p. 154. — VII Partid., Part. VI, l. IV, tit. XVI. — Part. IV, l. I, tit. XVII.

(3) In Aragonia æqua est inter filios et filias bonorum partitio. Sig. Moret, p. 60. For Judic., l. IV, tit. II, 1, 2, 3, 4, 5, 6.

rensium consuetudine dictam *dominam* videmus. Frequenter istud accidit in tribus novissimis seculis quibus libera fuit Navarra.

In privatis successionibus filia cum fratribus parentum hæreditatem partitur; ibi tamen discernenda sunt quædam bonorum genera regulis quæque definita propriis; bona quæ ex avo procedebant vocabantur « *bienes de abolorio* », directo limite a patre transmissa « *bienes de patrimonio* (2). » In Navarra præcepto perpetuo quævis hæreditas ad liberos sive ad nepotes pertinet. Recta linea posterorum deficiente, bona sive ad fratres sororesque redeunt, sive ad patrueles, ad quartum usque gradum; tum demum, si descendentes ceterique in legitimo gradu omnino desunt, ascendentes habent bona (3); in utroque casu fundus ad eos revertitur qui antè possidebant (4). In fratrum sororumque hæreditate, omnes hæredes bona avita paternaque inter se dividunt, mutuamque cautionem præbent, ut sibi præcaveant concertativam accusationem. Fratri intra terminos villæ commoranti, et cautionem dare abnuenti pigneratio irrogatur, donec annuat, aut partem sibi assignatam accipiat. Absenti pars dabitur, ut præsenti, quam cohæredes per totum annum diemque integram curabant. Marito absente, conjux in ejus bonorum

(1) F. General, l. II, tit. IV, cap. I, II.

(2) Fuero Gen., l. II, tit. IV, cap. III.

(3) Sig. Moret, p. 69, 79, 201. — Succedendi jus paulatim in decimum gradum prorogatum est, more castellano. — La Grèze, t. II, tit. II, cap. VII.

(4) F. Gen., l. II, tit. IV, cap. XVI. — Cf. F. de Estella ap. Zuaznavar, II, p. 173.

possessionem ire potest, dimidiamque supellectilium partem sibi vindicare (1), Fratris præmortui, præmortuæque sororis liberi in dividendis bonis patris aut matris personam agunt (2).

Liberorum licitum erat in bonis gerendis consortium; si quis fratrum decederet, nullo relicto filio, fratrum natu maximus partem ejus obtinebat; si soror, sororum natu maxima; si omnes sorores præmortuæ essent, liberosque reliquissent utriusque sexus, filius hæres erat; si tantum reliquissent filias; hæreditatem filia sororis natu maximæ totam obtinebat : idem ordo in patruelium aut consobrinorum successione servabatur (3).

In successionibus, ascendentium jus Foro Navarræ consulto omittitur (2); nec eos vult fratrum aut patruelium esse cohæredes, nec iis per testamentum nepotis fundum posse transmitti (3), negatque concessum ab iis fundum post nepotis sine liberis defuncti mortem posse recuperari. Privilegium illud, quod *retractatio successoralis* appellatur, in Philippi Ebroicensis Novellis iis impertitum est (5).

Item de bonorum avitorum paternorumque successione. Sed casu quodam eveniebat ut liberorum jus in hæreditatem venientium matris usui fructuum contradiceret, nempe iterum nubentis. Tunc ante omnia res dividendæ constituebantur; quæ sibi pro-

(1) F. Gen., l. II, tit. IV, cap. XIII.

(2) F. Gen., l. II, tit. IV, cap. XXI.

(3) Gutierrez, VI, p. 455, 457.

(4) « *Amor descendit, non ascendit* » dicebant veteres

(5) *Amejoram.*, de D. Philip., cap. III.

pria erant dotemque et arrhas uxor præcipiebat, dimidiamque rei communis partem; alteram liberi, bonaque paterna inter se dividebant. Bonorum æquationem a matre liberi exigere poterant, non mater a liberis (1). Si post secundas, aut etiam tertias matris nuptias æquatio postulabatur, materque ex iis nuptiis filios concepisset, procreati ex unoquoque matrimonio liberi lucra tantum ea quæ, vivo ipsorum patre, quæsita fuerant a matre poterant reposcere, materque, si de lucris quæsitis non consentirent, jurejurando affirmare ea cogebatur (2).

Uxoris quæ non semel nupserat successio miro quodam modo dividebatur: dimidiam totius rei partem liberi a primo viro suscepti obtinebant, alteriusque dimidiæ alteram mediam qui secundum habebant patrem sortiebantur, hoc est quartam; item qui patrem habebant tertium, octavam: quod supererat in totidem partes distribuebatur quot exstiterant conjugia, quorum uniuscujusque liberis una dabatur (3). Similiter uxoris, eadem ratione qua mariti, et accipiendi et disponendi integra potestas erat

(1) F. de Estella y de S. Sebastian. Ap. Zuaznavar, II, p. 172, 210, 211.

(2) Id., *loc. cit.*, p. 173.

(3) Ex præsenti tabula partitionis modus facile intelligitur.

Prima nubit *Primo*.

Ex quibus nascuntur *Primulus* et *Primula*.

Prima nubit secundum *Secundo*.

Ex quibus nascuntur *Secundulus* et *Secundula*.

Prima nubit *Tertio*.

Ex quibus nascuntur *Gaius* et *Gaia*.

Primulus et *Primula* medietatem hæreditatis maternæ habebunt.

matresque nobiles poterant liberis dono dare mortis causa quidquid sibi videbatur. Bona tamen avita, in nepotum usum servata, excipiebantur : nec a destinato fine poterant averti (1). Item liberos non licebat parentibus fundum aliquem donare (2), et ab undecimo seculo mos fuit, quo plus valeret donatio, donatarios adoptandi (3).

Si tamen lex donationibus quædam afferebat impedimenta, summa erat, ac prorsus integra testandi potestas (4). Quæcumque mulier annos nata duodecim testamentum faciendi habebat facultatem (5), institutioque hæredis in moribus, sicut in jure

Secundulus et *Secundula* medietatis medietatem, seu quartam partem.

Gaius et *Gaia* quartæ partis medietatem, seu octavam partem.

Quibus peractis, supererit octava pars hæreditatis, ex qua tres fient portiunculæ, quarum *Primulus* et *Primula* primam, *Secundulus* et *Secundula* secundam, *Gaius* et *Gaia* tertiam ultimam sibi vindicabunt.

(1) F. Gen., l. II, tit. IV, cap. III. — Cf. F. Judicum, l. IV, tit. V, 3. — F. de Estella y de S. Sebastian ap. Zuaznavar, II, p. 174, 210. — Fuero Viejo, l. V, tit. III, 6 ap. Antequera, p. 155.

(2) Sig. Moret, p. 72.

(3) Zuaznavar, II, p. 281. — Sic legimus Anglesam, Michaelis de Serat, et Elviræ Jimenez filiam, omnia bona regi Sanctio Sapienti dono dedisse per adrogationem (*por afillamiento*). — Yang., *Dic. de las antig.* V° *Afillamiento*.

(4) Libertas testamentorum in legibus scripta est anno 1688, jam antea moribus antiquissimis comprobata. — Sig. Moret, p. 16.

Ex lege bearnica novissima mulieris testamentum dotis vires excedere potest (For. Gen. *de Marit et Molher*, 17.) ex antiqua mulieri testamenti factio non conceditur nisi maritus auctoritatem præbeat. (For. Vet., 261. — For. Morlan, 240.)

(5) Gutierrez, VII, p. 174.

romano « *testamenti caput erat et fundamentum* (1). » In principio, quum de bonis inter filios dividendis non ageretur, potestatem testatorum leges quadam interjecta stipulatione minuebant, fratrum etiam sororumque beneficio; sed vel exeunte undecimo seculo (1098) occurrunt testamenta his vinculis soluta (2). In Foro de Najera (1076) plane omissa sunt (3). Diutius permansit legitima stipulatio (4) liberis propitia, eaque apud villanos semper prævaluit. Villanus hæreditario jure bona in æquas partes inter liberos dividere jubebatur, sed pacta inter vivos donatione in fundo aliquo fructuum usum concedere poterat, aut supellectilia, aut pecora, vestesque et cibos (5).

Nobiles contra pleno testandi jure utebantur. Cuivis viro aut mulieri nobili licet bona inter liberos dividere, et huic aut illi vel maximam partem vel minimam assignare (6). *Gutierrez* credere videtur patrem seu matrem, Foro auctore, uni tantum liberorum exceptis alienis personis, favere posse, in quo certè peccat : Omnia enim bona parentes venumdare ex lege possunt, præter avita, quorum, ut

(1) Doc. ined. de Arag., t. XXVI, p. 111. *Testamento del Principe D. Carlos de Viana.*

(2) Zuaznavar, II, p. 46.

(3) ..... « *Et si homo de Nagera, vir aut mulier, filium non « habuerit, del hereditatem suam et omnem substantiam suam, « mobilem aut immobilem, quantamque possiderit cuicunque « voluerit.* » — Zuaznavar, I, p. 299,

(4) Gallice, « *la réserve.* »

(5) F. Gen., l. III, tit. XIX, cap. II.

(6) F. Gen., l. II, tit. IV, cap. IV.

diximus, dispositio nulli datur (1). Prohibet Forum exhæredationem « *inter ceteros* » omissusque filius in testamento patris aut matris bona cum ceteris partitur, sive legitimis, si legitimus ipse fuerit, sive naturalibus, si naturalis (2). Exhæredatio absoluta fieri non potest, nisi ex legali causa, quam Forum ipsum clare definivit. Sic matri licebat exhæredare filium, a quo verberata, aut crinibus tracta, aut coram testibus meretrix dicta, aut in jus vocata, et jurejurando fidem facere coacta fuisset (3).

Excepta legali exhæredatione, pater aut mater suam cuique liberorum partem tribuere cogebantur. Quæ autem dicta legitima, initio conspicua, mox minima fuit, nullumque testatoris libertati attulit impedimentum (4). Ad nothos quoque legitima pars in

(1) F. Gen., l. II, tit. IV, cap. IV.

(2) « *Que de todo deshereda, de todo hereda.* » In simili casu lex bearnica, testamentum patris infirmari non patitur, hæres autem neglectus bona sua omnia in medium proferre debet antequam rei familiaris suam portiunculam detrahere non prohibeatur. (For. Morlan, 75.) Deficiente testamento bonorum partitio in manibus fratris natu majoris ex lege est. (For. Gen., *De test. et succ.*, 5.) — F. Gen., l. III, tit. XX, cap. I.

(3) F. Gen., l. IV, tit. II, cap. III.

Lex catalana exhæredabat filias flagitiose viventes, nolentesque nubere, aut nubentes contra voluntatem parentum. (Sig. Moret, p. 35.) In lege aragonensi in exhæredationem incurrebat qui patrem coram testibus infitiabatur (id., p. 59). Item qui parentibus capitale crimen inferebat, aut eos bonis spoliabat. Gener tamen et nurus ex eadem lege facultatem habebant socrum et novercam ad jusjurandum compellendi. (Dieste y Jimenez, p. 183.) Ex lege bearnica gener et nurus qui socrum et novercam contemnere ausi sunt 50 bysantinis multantur. (For. Morlan, 182.)

(4) Non ita in ceteris Hispaniæ legibus. Forum vetus liberum

antiquo jure pertinebat : his viri nobiles unam saltem domum (*vecindad*) (1) legare debebant. Posterius, cum in morem venisset alicui liberorum favere, fratrum detrimento, nothorum et legitimorum liberorum pars facta est quasi nulla ; quæ pars, e quinque solidis *jaquensibus* constare solebat, et e quadam glebæ portiuncula quam compascuus ager præbebat (2). Qua clausula, in plerisque Navarrensibus pactis

esse testamentum sinebat. (Antequera, p. 155.) In Castella Codex VII Partium tertiam aut dimidiam partem patris bonorum filiis servabat (Sig. Moret, p. 151). Lege præsenti quinta hæreditatis pars in Ecclesiæ usum præcipitur, de eo quod superest tertiam partem pater uni ex liberis assignare potest ; unde patet veram testandi libertatem in Castella non esse. (Antequera, p. 227.)

In Aragonia, Forum Jaquense sinebat integram esse bonorum dispositionem, lex regni generalis eadem quæ Navarræ admittebat. (Sig. Moret, p. 58.) In Catalonia ab anno 1585 Barcinonensem legem tota provincia accepit ; quartam illa bonorum partem servabat liberis, tres alias filius plerumque primogenitus sibi vindicabat (id., p. 31).

(1) F. Gen., l. III, tit. XX, cap. I. — « *Et esto es a saber* « *quanta es vezindad : una casa cubierta con tres vigas en* « *luengo que sea X cobdos, sen los cantos de las paredes, et sino* « *otro tanto de casal vieyllo, que haya estado cubierto, et yssida* « *a la quintana, et sepnadura de dos robos de trigo al menos a* « *entrambas partes : et demas semadura de un cafiz de trigo.* « *Las meyas tierras deven ser cerca de la villa..... Et si vinnas* « *oviere en la villa, una arinzada de vinna o quisieren las* « *creaturas de pareylla dar. Et el huerto sea en que puedan* « *ser XIII cabezas de colles, assi que las rayces non se toquen el* « *uno al otro quoando sean grandes. La hera sea tan grant en* « *que pueda trillar.* »

(2) « *Cinco sueldos Jaqueses, y una buena robada de tierra en los montes comunes.* » (Sig. Moret, p. 77.)

occurrente, nullum filiis verum datur commodum: ea tamen videtur testari jus eorum naturale, et quamdam esse legitimæ partis confessionem. Inde concludi potest mores publicos in Navarram, adversante non semel Foro, utilem admodum testandi libertatem felicissime introduxisse, optimatesque plerumque erga filios (1) aut saltem primogenitos legum usos fuisse facilitate: quod datum a patribus exemplum matres quoque imitabantur (2).

(1) F. Gen., l. III, tit. XX, cap. VI. — Vir quidam uxorem moriens habebat prægnantem, quam ex besse haeredem fecit, si nascebatur filia, ex quadrante si filius. Genuit autem filium et filiam. septem ex bonis partes factæ sunt, quarum quatuor habuit filius, mater duas, unamque ultimam filia sortita est.

(2) Arch. des Basses-Pyr., E. 538. (*Testamentum reginae Blanche*). — Id., E. 551. (*Testamentum reginae Catharinae.*)

CAPUT II.

DE STUPRIS ET ADULTERIIS.

Leges de connubiis, et de ordinanda domo quantumvis valeant, pluris tamen eæ æstimandæ sunt quæ vetita puniunt contubernia, et quæ inde secutura sint damna et incommoda indicant. Etenim in omni humana societate eadem fere ratione connubium leges tuentur, liberorum jus in parentum hæreditatem agnoscunt; quum autem de spuriis agunt aut de adulteriis, non semel inter se dissident, sive ultra modum immites, sive judicantes dissolute. Fori Navarrensis in hac parte mira est novitas; Ecclesiæ aspera molienti obstat morum facilitas, servatque lex æquitatem : inter ingenuos concubinatus fere admittitur : contra raptum vimque illatam virginum tegitur pudicitia, adulteriique pœna est gravior, sed in liberos ex iis ortos adulteriis lex misericordia commovetur eorumque jura humanissime definit, inter optimos consuetudinum codices principem sibi locum vindicans.

I.

De concubinatu.

Concubinatus inter cœlibes (*soltero y soltera*) nulla interdictio, nisi in legibus ecclesiasticis, quem recentiores nostri temporis leges ratum esse noluerunt, ne isto conjunctionis genere, quod facilius posset necti aut solvi, matrimonii paulatim corrumperetur institutum. Lege antiqua Navarrensium, sicut et romana, concubinatus admittebatur, regulasque habebat proprias (1) de quibus in Foro nihil superest (2) : matrimoniumque aut civile est, cum satisdatione et arrhis, aut ecclesiasticum. Vestigia igitur veteris instituti in consuetudine inquirenda sunt.

Concubinatus (*barragania*) plerumque inter personas non ejusdem conditionis fiebat, hoc est domini cum ancilla ; neque præsente capellano annuli invicem dabantur, neque arrharum quidquam erat, neque solemnis in domum deductio : una pernotescebat contubernii vulgatione, aut quodam societatis pacto (*carta de campañera*), in quo pars utraque societatis tempus et conditiones ponebat (3). Concubina esse

(1) Pauli Sententiæ, II, 20. — Dig., l. IV, *De concubinatu*.

In lege romana non ante aboletur concubinatus quam regnante Leone VI Philosopho (886-911). Novella ejusdem principis XCI abrogat. (Accarias, *Précis de droit romain*, I, 195.)

In Castella, Codex VII Partium, juri romano mire congruens, concubinatum admittit quem vocat *barragania*. Tria sunt in eo, sicut in Navarrensi jure, matrimoniorum genera quorum unum religiosum, secundum civile (*a yuras*), tertium pacticium in quo uterque fidem alteri dabat in perpetuum servandam. — E. Lehr., p. 51. Paquis et Dochez, *Hist. d'Esp.*, II, p. 308.

(2) Juxta Fori Generalis sententiam, concubitus viri cum ancilla, absente uxore, toleratur. Vult *Yanguas* ex hac legis dispositione apparere Foro Generali comprobari concubinatum. Errat sane, quum inter cælibes tantum « *barragania* » esse possit. Yanguas, *Compend.*, p. 250.

(3) In tabulario provinciæ Pyrenæorum Inferiorum servatur

debebat plusquam XII annos nata, vult que *La Greze* eam virginem esse non posse (1), cujus sententiam improbamus. Concubinatus enim rumore publico tantum innotescebat, postquam stupri commercium plus minus duraverat, et nullo modo recognosci potuisset an pacti tempore virginitas integra esset. Quum vero de domino et ancilla ageretur, plerumque vim illatam pactum sequebatur.

Concubina dicebatur sodalis quoad panem, mensam et cultellum « *compañera a pan, mesa e cuchillo* » : nec viri dignitatum, neque honorum particeps erat, neque item onerum, si conditione esset impari. Mulier nobilis, villani concubina, immunis erat quamdiu se innuptam esse demonstrabat : jurejurando enim adfirmare poterat se esse villani amicam, non uxorem (2). Eodem vir poterat uti jurejurando ad servandum in viduitate fructuum usum : mulierem sub eodem tecto habitantem declarabat ancillam esse (*manceba soldada*) (3).

In prædicta lege, quæ in concubinatu virum et mulierem adeo separabat, unum illud excipiebatur : Clericos secum habere mos erat mulierem quamdam (*amiga seu ama*) domui præfectam, et simul, quod aliquando fiebat, concubinam. Quæ quidem sibi, ut

quoddam hujus generis pactum, sexto decimo seculo a tabellione quodam conscriptum, in certum tempus concubini consortium thalami sibi invicem concedunt, quo exacto uterque liber erit. Liberorum, si exstiterint, fiet partitio ; si quis superit, fiet sortitio. (Raymond, *Inventaire des arch. des Basses-Pyrénées.*)

(1) La Greze, t. II, tit. II, cap. III.

(2) F. Gen., l. III, tit. VIII, cap. III.

(3) Id., l. IV, tit. II, cap. III.

uxori legitimæ, omnia clericorum privilegia, immunitatesque vindicabat. Huic ex edicto Carolus Nobilis vectigalia subsidiaque imposuit, quæ ipsa solveret seu de propriis rebus, seu de lucro aliquo factæ societatis « *con lo dicho su amigo* », simul, ut quod imponebat alia dispositione temperaret, omni eam servitute, omnique tritici aut carnis, aut vini ligni que parte conferenda relevavit (1). Sic injuria usurpatum ab ea privilegium ex parte legitimum factum est, mira sane et inaudita regis benignitate. Pacta inter hujus modi consortes legis loco habebantur ; liberorum tantum personam lex curabat ; et hanc materiam adibimus, cum de spuriorum hæreditate tractabimus.

II.

De stupro et raptu.

Primis temporibus, cum essent nondum humani cultique mores, plurimum erat virginum stuprum (*fuerzas de mugeres*) : in omnibus foris, iisque præsertim antiquissimis, gravissima punitur pœna, etiam capitali (2). Mox, mitescentibus ingeniis, mali reliciendi cura potior visa est, sed satisfactioni imparem ultima manebant supplicia (3). Reum judicio persequi

(1) Zuaznavar, III, p. 350. — Yanguas, *Dic. de las antig.* V° *Fuero.*

(2) Yanguas, *Op. cit.* V° *Carcastillo (Fuero de Medina Celi).*

(3) Carolus Nobilis anno 1117 nullam legis actionem exercendam esse edicebat, quamdiu Corellenses nundinæ se haberent, exceptis actionibus de læsa majestate, de proditione, de moneta

poterant mulier stupro polluta, paterque ejus, aut mater, iisque deficientibus, inter propinquos hæreditate proximus (1). Intra tres dies a patrato scelere deferenda erat querela (2), cujus varia erat formula pro cujusque conditione, velut si vis fuisset illata a quodam viro nobili virgini æque nobili, sive villanæ, aut contra nobili a villano. Si qua virgo nobilis a viro æque nobili violaretur (3), summa legis cura erat summumque desiderium ut stuprata virgo cum stupri auctore matrimonio conjungeretur (4); auctor

adulterata, et de virgine stuprata (*fuerzas de mugeres*). — Yang., *Op. cit.* V° *Corella.*

(1) Fuero Gen., l. IV, tit. III, cap. I.

(2) Antiqui codices ap. Zuaznavar.

(3) Nobiles ab ignobilibus antiqui codices non distinguunt, et ita se habet Forum S. Sebastiani.

« *Et si aliquis ex populatoribus cum aliqua foemina faciat « fornicationem voluntate mulieris, non det calumniam, nisi fuerit « maritata : sed si forciaverit eam, pariet eam, vel accipiat « uxorem, et hoc est pariare. Et si mulier forciata se reclamaverit « prima vel secunda vel tertia die, et probaverit per veridicos « testes, faciat ille qui forciavit eam directum supradictum, et « reddat regi LX solidos. Post tres dies transactos nihil valeat ei. « Et si mulier non est digna ut sit uxor illius, ille qui forciavit « eam debet illi dare talem maritum ut fuisset honorata antequam « habuisset eam, secundum providentiam alcaldi, et XII bono- « rum vicinorum, et si non voluerit, aut non potuerit hoc facere, « mitat suum corpus in manibus parentum mulieris ad volun- « tatem illorum.* » — Ap. Zuaznavar, II, p. 207.

(4) Eadem in Foro Stellensi (*Ibid.*, p. 168). — Forum Jaquense brevius ac fortius loquitur :

« *Et si sit causa quod eam forcet, det ei marito, aut accipiat « per usorem.* » (*Ibid.*, p. 101).

In Foro de Caseda de muleta tantum agitur : « *Si aliquis homo*

que, si recusaret, exsilio mulctabatur. Bona insuper publicabantur, quum reus nobilitate præstabat, aut opulentia (1). Poterat quoque idem reus virginis parentibus matrimonium aliud proponere, quale virgo ipsa ante patratum scelus voluisset accipere. Contra si minor esset in stupratore nobilitas minorque rerum copia atque ideo, de industria videretur vim intulisse, virgo sua vice matrimonio obstare poterat, reusque, exsilio mulctatus, DC solvebat denarios, quorum dimidiam partem sibi rex vindicabat, virgoque dimidiam (2). Testes boni honestique rei fidem faciebant; qui si deficerent, viro nobili fas erat adfirmare jurejurando se virginem « *nec fodisse nec frirasse* (3). » omnique criminatione liberabatur.

Vim leges villanæ illatam a viro nobili multo minus castigabant. Imprimis necesse erat verum crimen coarguere; quod villanæ in manu erat, si testes duos rei haberet, alterum villanum, alterum vero nobilem. Tunc mulctæ pro homicidio indictæ dimidia pars a stupratore solvebatur. Si villana, testibus deficientibus, comitem statim testemque facinoris habuisset

« *fuerit visto ad filia aliena vel ad mulierem, et potuerit cum* « *duos vicinos firmare eum, pectet CCC solidos, medios ad regem,* « *medios ad mulierem, et si non potuerit firmare eum, juret cum* « *XII hominibus quod non fuit verum.* » (*Ibid.*, II, p. 99.)

(1) Cf. Fabulam : *El mejor alcalde es el rey.* — Vid. contr. F. Sol. « *Si augun homi ha barreyeda puncela, o autre femme, deu estar descapitat, non obstant que la bulhe, ou pusque prener per molher.* » — ap. Mazure. *F. de Béarn*, p. 188.

(2) Fuero Gen., l. IV, tit. III, cap. I.

(3) Fuero Gen., l. IV, tit. III, cap. III. — « *Que non la fodio, nin la frego.* »

puerum jam loquentem, nihilominus nobili viro jurejurando rem deneganti fides adhibebatur (1), quinetiam si villana stupri tempore omnino sola fuisset, viro nobili nec mulctam indici nec jusjurandum deferri licebat. Sic quorumdam fraus et dolus malus intercipiebantur, nec alia est apud nos judicantium disciplina (2). In quolibet casu data erat nobili viro facultas transigendi cum fœminæ parentibus, quæ, si sponte nuberet, reum absolvebat (3).

Vim mulieri nobili a villano illatam vir nobilis villanusque testabantur. Plerumque rex villanum sibi traditum (4) suspendi jubebat (5) (*ahorcar*).

Sæpissime raptus stuprum est gravius, cujus sævitiæ augent invidiam ; forte tamen accidit ut minus noceat; nempe vis in eo non absolutè præsumitur, et fieri potest quædam via quæ ad connubium ducat, parentibus contradicentibus. At parentum auctoritati adversatur, qua de causa leges improbant plerumque raptorem. In his ambiguum est Navarrense Forum, videturque in raptorem misericordia moveri ; cum enim non punit, sed raptæ mulieris propinquis tradit, qui uni jure ulciscendi potiuntur (6).

(1) Fuero Gen., l. IV, tit. III, cap. IV.

(2) Id., ibid., cap. VIII.

(3) Id., ibid., cap. I.

(4) Fuero Gen., l. IV, tit. III, cap. VI. « *Sera justiciado como el rey mandare.* »

(5) Yanguas, *Dic. de los fueros. V° Fuerzas.* — Cf. For. Judic., l. III, tit. II, 4.

(6) Cf. F. de Medina Celi et de Carcastillo : « *Manceba que se fuere con otro sin voluntad de sus parientes ; sea desheredada, y el que la llevare sea enemigo declarado, exeat por enemigo.* »

Dictu mirabile est quam diligenter Forum Generale omnia provideat, quum raptorem admoneat de habenda ergà « *dominam* » (1) agendi ratione : crederes cavere legis conditorem ne quid detrimenti respublica capiat. Si raptor, inopia laborans, exsulat, unum habens jumentum, jumento mulier insideat, ipse autem a tergo sequatur pedibus ; atque ad quemdam nobilem virum se recipiat, qui tectum præbeat et cibaria. Igitur publicæ pacis nomine exsulant infelices, oportet tamen unumquemque in in eos misericordem esse. Si in itinere in latrones inciderent, raptorque mulierem defendens occisus fuisset, culpam suam virtute correxerat, raptæque mulieris propinqui simul ac ipsius raptoris poterant interfectores in jus vocare. Item si raptor, in summo periculo, mulierem dimiserit, nullas ab eo pœnas reposcere possunt proximi. Mulieri plus etiam leges indulgent. Sola enim et sine patrocinio, potest in Navarram redire, regemque rogare ut parentes suos sibi conciliet ; rex annuat, dicatque huic infelici vim illatam fuisse : Tanta est legum morumque lenitas. De liberis non fit mentio ; in familiam introduci nequeunt ; sibi igitur consulant, vivantque ubi velint (2).

Ea erat in summo jure raptus historia. Aliud

— Ap. Yanguas, *Dic. de las antig.* V° *Carcastillo.* — In Bearnio : *Lo senhor la deu far tornar en son poder, en loc comunau, en patz, et apres que la massipe (puella) on lo plus sera estat.* — For. Morlan, 218.

(1) Gallicè « *sa dame* ».

(2) Fuero General, l. IV, tit. III, cap. III.

tamen occurrit in Foro enodationis genus. Mulieris propinqui ad concordiam venire possunt. Tres vel quinque constituuntur arbitri ex viri et mulieris propinquitatibus sumpti ; si mulier, iis præsentibus, ad parentes suos se convertit, exsulat raptor, bonaque ejus rex habet ; si contra mulier ad parentes raptoris declinat, nullum habent parentes jus in eam quod exercere queant, ipsaque destituitur omni hæreditate : bonaque ejus in fratris primogeniti potestatem veniunt (1). Illud arbitrium multarum discordiarum fiebat cautio, et Fori Navarrensis, ut candida et simplex, ita integerrima videtur esse æquitas.

De raptus pœna quæ de villano sumebatur nihil occurrit : videtur eadem esse ac stupri. Villanus enim, glebæ addictus et undique custoditus, ægrè poterat ultra regni fines confugere, raptusque potentiorum quasi proprius ac pecularis esse videbatur.

III.

De adulteriis.

Eadem legum Navarrensium est lenitas in adulteriis quæ in stupro et in raptu, nullumque in Foro videmus de eo capitale judicium, ut in veteribus chartis non semel occurrit (2). Memoratur tamen in

(1) F. Gen., l. IV, tit. III, cap. i.

(2) E Foro Judicum mulier adultera in servitutem redacta viro suo tradebatur, qui impune eam verberare et occidere poterat. In omnibus Fori Judicum legibus eadem de adultera sumuntur supplicia. (F. Judic., l. III, tit. IV, 6, 13.) — E Foro de Agramont

una narratione (*fazania*) conjugem adulteram lapidibus abruendam esse (1). Tacet etiam Forum de stupro sanctimonialium virginum, de incestu, de sodomitico peccato, eorumque scelerum inquisitionem judicibus ecclesiasticis tradit (2). Tria hæc tantum considerat, si cælebs, nobili loco natus, cum muliere jam nupta adulteretur, sive uterque adulterantium conjugio junctus sit, sive inter villanos fiat adulterium. Primo mariti et propinquorum ultioni deditus adulter exsulat, bona ejus publicantur, nec antè redit in patriam quam læso marito regique satisfecerit (3). Utriusque adulterantis homicidium sane dignum est venia, quanquam Forum sileat (4); nusquam autem in eo reperimus sævam illam legem, quæ, interfecto amatore, a marito uxorem in gratiam recipi non

in Catalonia, adulteri peccatum coram populo confitentur, et notantur infamia. (Antequera, p. 176.)

(1) « *Fazania de una muger, jurgada de lapidar, que fue defendida por exiemplo de unos mozos, como Susana.* » — F. Gen., l. VI, tit. XX, cap. VI.

(2) De his plura in Foro Judicum, l. III, tit. V, 1, 2, 3, 4, 5.

« *Presbyter si cum muliere maritata captus fuerit, cum alio presbitero, et alio laico, legale debet probari, et in mercede senioris terrae erit. Similiter de alia muliere.* » (*For. de Estella*, ap. Zuaznavar, II, p. 181.) — Multo sæviores leges Bearnicæ adulteros jubent per urbis vicos corpore nudato palam deduci (For. Morlan, 21, id. Oler.) etiamque flagellis verberari (F. Gen., *De penas et emendas*, 15) quod quidem supplicium LX solidis redimere poterant. (Mazure, *Les F. de Bearn.*, p. 117.)

(3) F. Gen., l. IV, tit. III, cap. VIII.

(4) Cf. F. de Estella ap. Zuaznavar, II, p. 176. — In eodem foro Judex adulterii reos non potest dimittere, satisdatione etiam accedente.

sinebat (1). Item conjux quæ vim perpessa fuerat ab ea quæ se sponte alterius luxuriæ tradiderat discernebatur. Stupratam vi illata conjugem maritus sine ulla criminatione accipere debebat (2). Res haud dubie ardua est, et ad leges non pertinet; æqua tamen et honesta videtur esse quæstionis solutio.

Maritus adulterii reus exulabat sicut cælebs, et bona publicabantur; hunc vir læsus et ejus propinqui lacessere debebant et ad pugnam vocare, neminique licebat eum admonere, aut perfugium ei præbere. Ibi tamen inter se pugnabant fisci uxorisque jura, quæ adulterantis mariti scelus expendere non debebat. In publicatione bonorum arrhæ excipiebantur, arrhisque deficientibus, dimidia pars bonorum uxori servabatur. Jam ante vidimus maritum in patriam redire non posse, nisi regis auctoritate, et mariti alterius quem læsisset voluntate. Insuper leges addebant a conjugis adulteri uxore veniam dari oportere. Rex, data venia, parcebat adultero, cui bona restituebantur (3). Villanorum adulterantium pœna minor est; dimidiam mulctæ ab homicida exactæ partem solvunt (4). At villani exsilio dominus ejus opere destituebatur, ejusque bona publicare

(1) Vid. cont. La Grèze, l. II., tit. II.— Hactenus leges Hispaniæ vetant ne uxorem adulteram maritus causæ in adulteratorem dicendæ non implicet.

(2) « *Deve la tener assi como nuyll mal esta oviesse fecho.* » F. Gen., l. IV, tit. III, cap. VIII. — La Serna y Montalban, III p. 332.

(3) F. Gen., l. IV, tit. III, cap. IX.

(4) Id. ibid., cap. II.

plerumque supervacaneum erat. Lex villanum, crumenam ejus exhauriendo, certiore pœna afficiebat.

Mulieris nobilis, cui integrum in bona mariti usumfructum lex tribuebat, pejor erat in hoc conditio, quod etiam defuncto marito (1) adulterii crimen in eam intendere licebat. Viduæ frater primogenitus, ejusque hæres, si liberos non haberet, poterat vulgati rumoris eam admonere (2), manuque explorare utrum esset gravida an non : si gravidam esse manifestum fieret « *ventri vere curator* » erat, eamque in aliquam ipsius domum includebat. Tres aut quinque matronæ præsentes aderant, ut parturienti simul atque ejus proximi opitularentur, qui si in ipso partus articulo, in mulieris cubiculo esse possent, et intra matris crura jacentem puerum cernerent (3), mater exhæredabatur arrhæque ejus in fratrem primogenitum veniebant ; vitiati quoque mores, ut decebat, mulieri fructuum usum in mariti bona auferebant. Sed non sine causa animadvertendum est mulierem viduam, dummodo aliquantulum ei fortuna faverit, peccati pœnam effugere posse. Nempe pernecesse erat matronas et propinquos adesse præsentes partui ; insuper, si puer nasceretur intra dies trecentos post mariti obitum, legitimus habebatur : incriminatores mulctam quingentorum solidorum domino (4) dabant, puerque

(1) F. Gen., l. IV, tit. III, cap. v : « *Biuda que faz putage, por quien et como deve ser desheredada.* »

(2) « *Hermana, dizenme que sodes preynada.* »

(3) « *Estas V chandras aduytas veyendo issir la creatura del* « *vientre con estos parientes que vean entre las piernas la crea-* « *tura, con a tanto deve ser desheredada.* » F. Gen., *loc. cit.*

(4) Gallice « *le seigneur.* »

si excessisset antèquam septem annos attigisset, id est antequam sui potestatem haberet, matrem habebat ipse hæredem, eorum detrimento qui fuerant calumniati (1).

Denique summa hæc erat : Forum Navarrense uxorem adulteram tradit marito, sceleris socium in exilium mittit, bonis spoliat, mulcta afficit, læsos vult esse misericordes, veniaque ab iis impetrata, ipsum libentissime indulget (2).

IV.

De spuriis.

Nonnihil in nostro opusculo desideraretur, ut credimus, si de spuriis pauca non adjiceremus. Stricte enim referuntur ad concubinatum ceteraque hujus generis consortia, tum spuriorum conditio, tum patri aut matri imposita erga eos munia, tum jus eorum hæreditarium qualecumque sit. Inde aperte perspiciemus quæ fuerit erga eos legum benignitas, mulierisque ipsius quæ fuerit conditio simul docebimus.

Primo quæritur quo auctore mulier conceperit ;

(1) F. Gen., l. V, tit. III, cap. XVII.

(2) Nostris temporibus Lex Hispaniæ adulterium carcere punit « *castigo que no es proporcionado a la immoralidad del acto, pero en cuyo señalamiento se han tenido en cuenta el estado de la opinion, y otras razones de conveniencia.* » — La Serna y Montalban, III, p. 332.

de nulla re ad personas pertinente acrius disputatur, et quo facilius criminis probatio a lege accipitur, eo lex ipsa videtur esse humanior. In Foro Navarrensi rei inquirendæ facultas datur; si quis denegat se spurii esse patrem, mater vocat eum apud judices, et duorum patrinorum triumque matrinarum testimonio demonstrat patrem baptizandi filii curam habuisse. Testibus mortuis, mater candentis ferri faciet periculum, quæ si, Deo favente, non usta fuerit, pater adfirmabitur, filiumque alendum suscipiet (1). Quod si barbarum illud probationis genus omittetur, concludi oportebit accipiendum esse testimonium de patre inquirendo, testimonioque deficiente, mulieris experimentum esse adeo atrox ut illud ipsa recusaret, si filii educandi facultatem ipsa, omni ope non destituta, haberet.

Spurii vitam leges tuentur; ea quæ spurium sponte deseruerit in publico flagellabitur, filiumque resumet educandum. Is qui in publico spurium ut filium agnoverit, eum matri committere debebit, nutriciaque solvere, quamdiu lacte educabitur infans; si negabit, materque erit pauperior quam ut oneri sufficiat, puerum ad patris januam coram duobus testibus exponere poterit, pueroque patris incuria exstincto ipse mulcta mulctabitur ut homicida. Item ea, si puerum, quem pater constanter sustentat, reliquerit, mulcta damnabitur (2). Tacet lex de liberis inter-

(1) F. Gen., l. IV, tit. IV, cap. I.

(2) F. Gen., l. IV, tit. IV, cap. I. — Ascendentes ex matre lege romana tenebantur pecunia collata matrem in spuriis educandis adjuvare, etiamque jure canonico ascendentes ex patre cognito.

fectis; verisimile est mulctam fuisse pœnam, ut in eos qui relinquunt. Ea quæ filium suum spurium constantia vere materna educabat ab omni vituperatione liberabatur.

Spuriorum jus hæreditarium, minus ad rem propositam spectans, non nisi summatim adibimus; quatuor erant liberorum naturalium genera : 1° Imparis connubii; 2° Vulgo quæsiti (*hijos de ganancia*) : 3° Adulterini, sive ex patre, sive ex matre, incesti aut sacrilegi (*fornecinos*) ; 4° Adulterini ex utraque parte (*campices*) (1).

Filius impari loco ortus « *en matrimonio desygual* » nihil de matris patrisque hæreditate sibi vindicare poterat, antequam septem annos attigisset. Tunc bona materna et paterna in potestatem proximorum veniebant (2). Contra spurius patre et matre innuptis procreatus (3) hæreditatem accipiet, si deficient uxor et legitimi liberi (4); uxor arrhas propriaque recuperabit, lucrique partem mediam; eadem vero omnia villana contra recuperabit, excepto lucro. Si spurii

(Gutierres, VI, p. 128.) — Spurii nutricia annua X annis minoris Forum Judicum unius solidi pretio constare vult. (F. Judic., l. IV, tit. IV, cap. III.) — Cf. Dieste y Jimenez, p. 274.

(1) Yanguas, *Dic. de las antig. Art*os *Hijos*, *Campix.* — Lehr., p. 133.

(2) F. Gen., l. II, tit. IV, cap. VII.

(3) Leges Hispaniæ recentissimæ ita de filii vulgo concepti conditione loquuntur: « *Nacido de concubina que habitase con el* « *padre, en la misma casa, siendo unica, y ambos libres, y sol-* « *teros, sin impedimiento para contraer matrimonio.* » Gutierrez, VI, p. 123.

(4) Cf. Fuero Gen., l. III, tit. IV, cap. II. — L. III, tit. XX, cap. VIII.

fratres habent legitimos, arrhæ secundum legem institutæ ad eos redibunt, simulque lucrum pro dimidia parte, patriaque item bona. Alteram partem spurii cum legitimis obtinebunt (1). Apud villanos æqua erit bonorum partitio inter spurios et legitimos; sortitio tamen bonorum penes legitimos erit (2).

In Foro Sobrarbico (3), infra quinque solidos spurius hæres esse non potest, nec infra unum terræ jugerum (4), nullam hæreditatis portionem spurius legitime habet. Tum demum sive matrimonio, sive aliquo regio rescripto spurius fiebat legitimus, nullaque lege liberalius quam Navarrensi spurii habebantur.

Spuriis ex marito quodam et innupta muliere ortis leges minus favebant. In Foro Sobrarbico vulgo conceptorum hæreditatem accipiebant, scilicet quinque solidos unumque terræ jugerum, nam iis ques nasci nefas erat non contingebat hæreditas. In Foro Generali patri licet aut matri nonnihil in alimonium relinquere (5), sed conjugum adulterantium unicuique proximo legibus interdictum est liberos adulterinos

(1) F. Gen., *loc. cit.* — Yanguas, *Dic. de fueros. V° Particiones.* In Vasconia (*Biscaya*) in patriam hæreditatem nothi seu spurii non veniunt. (Sig. Moret, p. 8.) — In Aragonia ea tantum habent quæ testamento legantur. (*F. Unico. De natis ex damnato coitu.*) — In Castella in sextam tantum partem paternæ hæreditatis veniunt. (Part. VI, tit. XIII, 8, 9.)

(2) Fuero Gen., l. II, tit. IV, cap. XXII.

(3) Id., ibid., cap. V.

(4) F. de Sobrarbe, art. 17, 51. Ap. Yanguas, *Dic. de las antig. V° hijos.*

(5) F. Gen., l. IV, tit. III, cap. XIII.

accipere educandos, qui legitimorum fratres nullo modo habendi sunt et parentum intestato mortuorum ab hæreditate removentur. Denique spurius, vir factus, neque satisdator, neque testis, neque jurator in ulla ecclesia esse poterit (1).

In Foro Tutelensi dimidiam tantum spuriorum partem « *campix* » sibi vindicare poterat, id est duo solidos cum sex denariis, jugerique dimidium (2). De eo silet Forum Generale, eumque spurio æquiparat. Sic in proposito manet simplex et unum, eaque est quam concedit ciborum largitio ut temporibus nostris in plerisque codicibus occurrit.

(1) F. Gen., l. IV, tit. III, cap. XI.

(2) Yanguas, *Dic. de las antig.* V° *hijos.* — Pleræque aliæ Hispaniæ leges sive intestato morientium, sive testantium parentum hæreditatem spurio denegant. (La Serna y Montalban, t. II p. 107. — Dieste y Jimenez, p. 275.)

Jus canonicum quintam partem in patris matrisve bonis spurio concedit ; item et in Catalonia in qua jus canonicum juri civili suppletivum accedit.

CAPUT III.

DE MORIBUS.

Quanti apud Navarrenses fœminæ fuerint.

Quem obtinuerint fœminæ apud Navarrenses locum per se unum non potest Navarrense Forum explanare; scimus quidem quæ fuerint earum jura, aut officia, sed quam gesserint personam nos fugit, vel qua lenitate leges temperarentur, quadam moribus insita humanitate. Mulierem domi se habentem intueri nobis in animo est, inter parentes et liberos versantem, ejus cognoscere labores, studia, delectamenta, simul et quæ fuerit in eam aut corruptam, aut vitiatam morum pervicacia, quæ etiam in liberos. Fere nihil de his leges afferre possunt: rem autem annales, chronica, chartæ eo magis illustrabunt, quo clarior mulieris conditio legalis nobis apparuerit. Pleraque ex historicis quarti decimi seu quinti decimi seculi petemus: nempe ante illa tempora desunt chartæ, et postea Navarræ libertas evanuit. Nonnulla tamen digna memoratu in seculis superioribus adhibebimus, quæ in chronicis occurrant aut Piscinæ aut principis Vianensis, quoniam illa chronica annis 1453 et 1534 conscripta mores eorum temporum quibus conscripta sunt potius referunt quam eorum quorum historiam narrare dicuntur. Igitur mulieris Navarrensis vitam sive regalem, sive publicam, sive privatam describere in animo est, peractoque officio, propositi operis finem faciemus.

Sæpe in Navarra mulier partes egit maximas; sic primis regni temporibus Urraca, Garciæ Iñiguez uxor, cum suis adversus Mauros fortissimè pugnavit, ipsaque in acie periit (1). Uxor Sanctii Magni. Mayor appellata, in quam adulterii crimen fingebatur, per quemdam mariti nothum opportune testantem periculo incolumis evasit; cum illa, tanti memor beneficii, filium sibi adoptavit, legitimamque regiarum hæreditatum partitionem in ejus gratiam voluit mutari (2). E flagitiis Urracæ, Alphonsi Bellatoris conjugis, longa orta sunt inter Castellam et Aragoniam dissidia (3).

Decimo tertio seculo Navarrense regnum primum sortita est fœmina, sororque Sanctii Fortis Navarræ sceptrum in comitum Campaniæ domum intulit. Ex hoc fœminarum frequens fit hæreditas; dicuntur eæ *dominae*, id est per se imperantes, nec ullam asserendi juris sui locum omittunt. Sic Johanna de Navarra, Franciæ regina (1284), Johanna de Francia, comitissa Ebroïcensis (1328), Blanca Ebroïcensis, uxor Johannis de Aragonia (1425), Leonora de Aragonia, comitissa Fuxiensis (1479), Catharina de Fuxio, uxor Johannis de Albreto (1483), Johannaque de Albreto, uxor Antonii Borbonensis (1554). Secundum

(1) La Piscina, l. III, cap. II.
(2) Cron. del Princip. de Viana, l. I, cap. XII.
(3) Id., l. II, cap. VIII.

ipsa Fori Navarrensis verba (1) infantissarum a primo natali die concilium regni legitime congregatum jus hæreditarium agnoscit (2); earum, cum nubunt, in actis publicis fit mentio, eæque regnum adeptæ cum marito coronantur, scutoque imponuntur, populo ter clamante (*real*, *real*, *real*, *nobili reginae!*) (3). Reginæ dominæ in administrando regno pars datur, in publicis rescriptis hujus nomen conjugi regi sociatur (4); Concilio Navarrensium generali præest (5), percipit vectigalia (6), officia confert tum civilia, tum militaria (7), jubet quæstiones haberi (8), pœnas remittit (9), quod est insigne regium, immunitates impertitur (10), ecclesias ædificat (11), congregationum fit patrona (12). Rex quoque solebat, etiamsi per se et proprio jure regnabat, reginæ tutelam regni permittere. Sic Margarita de Francia regni tutrix fuit sub Theobaldi secundi nomine. Carolus Malus, si

(1) F. Gen., l. II, tit. IV, cap. I.

(2) Yanguas, *Dic. de las antig.* Art^os *Beatriz*, *Blanca*, *Juana*, *Reyes*.

(3) Arch. de Nav., caj. 101, 23. — *Cron. del principe*, l. III, cap. XV.

(4) Arch. de Nav., *Sec. de guerra*, leg. I, carp. XV. — Arch. de comptos, caj. 137, 26.

(5) Arch. de Nav., caj. 162, 26.

(6) Id., caj., 101, 27. — Caj., 128, 22, 24.

(7) Id., *Sec. de guerra*, leg. I, carp. VI.

(8) Yanguas, *Dic. de las antig.*, v° *Merinos*.

(9) Arch. de Nav., cartas I, f° 206. — Caj. 3, 74.

(10) *Dic. geog. de la Acad. de la hist.*, I, p. 169. — Arch. de Nav., caj., 160, 15.

(11) Arch. de Nav., caj. 137, 4, 8. — Caj. 150, 23.

(12) Moret, *Anales de Navarra*, IV, p. 464.

forte abesset, uxori Johannæ de Francia, regnum tradebat gubernandum, itemque, Carolus Nobilis sive uxori Leonoræ, sive Johannæ filiæ suæ primogenitæ : sic et Johannes de Aragonia uxori Johannæ Enriquez: Magdalena de Francia, principissa de Viana, sub nomine filii sui Fransci Phœbi, filiæque Catharinæ de Fuxio tutelam quoque exercuit (1).

Navarræ reginas et gubernatrices sæpe virtus et prudentia æque commendabant, sæpe etiam res perarduas prospere gerebant. Blanca de Navarra Johanni de Aragonia comitem stabuli Alvarum de Luna reconciliare tentavit. Johanna Enriquez in colloquio cum Ludovico hujus nominis undecimo præcavit ne fœdus fieret inter Franciam et Castellam contra Aragoniæ regem. Leonora annos tres et viginti (1456-1479) Navarram in partes adversas divisam strenue continuit, nonnumquam invito patre, cujus in regno locum tenebat. Magdalena de Francia partes Fuxianas Bellimontensesque cum summa prudentia in gratiam reduxit, et curavit ut sua Catharina Johanni de Albreto, principi Franciciæ originis, nuptum daretur. Non ea autem fuisset reginarum persona, ut credimus, si tanta mulierum dignatio tantaque observantia apud Navarrenses non exstitissent.

Forum ipsum Generale vehementissime affirmabat quanta reginæ deberetur reverentia. Quicumque enim regina præsente alteri vim aut injuriam afferebat, vel etiam in urbe in qua illa habitabat, ipsius reginæ cubiculum iisdem ornamentis instruere debebat quibus

(1) Yanguas, *Dic. de las antig.*, v° *Reyes*.

eo ipso die quo delictum commissum est decoratum erat, iisque recentibus (1).

Suam quoque matronæ nobiles personam agunt. Regis notha matrona spectanda est, quam uxorem regni proceres potentissimi postulant. Sic Gracian de Agramonte Anglesam uxorem ducit, notham Leonelli de Navarra, qui ipse Caroli mali nothus erat, Ludovicusque de Bellomonte, regni constabulus, non dubitat Johannam, Caroli Nobilis notham, poscere (2).

In beneficiorum per chartam institutione plerumque mares primum habent locum, etiamsi filiæ sint primogenitæ (3); sunt contra complura beneficia quæ mulieres possident (4).

Anno 1415, Maria Ferrandiz (5) vici de *Arbizu* erat domina. Anno 1432, Rex comitissæ de Cortes vicos de *Buñuel* et de *Espartal* dono dedit cum omni fere jurisdictione (6). Anno 1515, Constantia de Lizarazu castellorum de *Belascoain* domina erat et moderatrix, villanosque habebat (7) omnimodo vectigalenses (*pecheros*).

Uxores mariti titulorum et immunitatum consortes erant : Marescalli uxor « *mariscalesa* » appellabatur (8), annoque 1448 quædam mulier nobilis quæ maritum

(1) Fuero Gen., l. V, tit. 1, cap. II.

(2) Yanguas, *Dic. de las Antig.*, v° *Agramunt.*—Arch. de Nav., caj. 110, 12.

(3) Arch. de Nav., *Cuentas*, 2, 381, 428.

(4) Yanguas, *Dic. de las antig.*, v° *Godofre.*

(5) Yanguas, *Dic. de las antig.*, v° *Arbizu.*

(6) Arch. de Nav., *Nobleza*, leg. I, carp. IV.

(7) Yanguas, *op. cit.*, v° *Collazos.*

(8) Arch. de Nav., caj. 157, 28.

æris publici in rationibus adjutorem amiserat, inque ejus bona usum fructuum possidebat, expostulavit eorumdem bonorum immunitatem, quasi maritus etiam tunc vixisset; quam quidem impetravit (1).

Pariter matronæ nobiles eodem velut privilegio fruebantur quo reginæ. Quicumque sæviebat iis præsentibus aut quingentorum solidorum mulctam committebat, aut comitantibus duodecim nobilibus viris, veniam petere debebat. Illi, pedibus dominæ osculo contactis, ultro dimittebantur (2). Matronæ quoque in aula apud reginam et principissas insignia obibant officia; annuus eis assignabatur sumptus; quartaque anni parte operam dabant (3), iisque rex, si quando nuberent, munus quoddam largiebatur (4); maritoque defuncto annuam præbebat pecuniam (5); sæpe etiam cum earum liberi matrimonio se jungerent, rex earum gratia novum instaurabat statum (6), aut equestri torque collum earum ornabat. Anno 1398, Carolus Nobilis quatuor aulæ suæ matronas in ordinem regium Albi Vertagi recepit (7). Item si quem famulorum rex cuperet comiter habere, in patriciorum numerum adciscebat, parentesque ejus cum eo cooptabantur (8).

Matronæ Navarrenses domum diligentissime cura-

(1) Yanguas, *op. cit.*, v° *Fealdat.*

(2) Fuero Gen., l. V, tit. I, cap. III.

(3) Arch. de Nav., caj. 153, 13. — Caj. 190, 45.

(4) Yanguas, *op. cit.*, Art^os^ *Ezpeleta, Atondo.*

(5) Arch. de Nav., caj., 158, 18, 42.

(6) Yanguas, *op. cit.*, v° *Blanca de Navarra.*

(7) Id., *ibid.*, Art^os^ *Caballeria, Villaespesa.*

(8) Id., *ibid.*, v° *Egues.*

bant, scilicet et maritos. Privatis rebus prærogativisque servandis valde idoneæ, rempublicam vix attingebant, raroque apud eas erant præclare illa facta quibus historia illustratur. Haud dubie Egnatii et Francisci Xaverii matrum non erat mediocre ingenium (1); de eorum tamen pueritia silent scriptores, unde apparet « *dominas* » de Loyola et de Jassu satis habuisse sanctissime vivere : sic Blancæ de Castella, Francorum reginæ, nisi ipsa regnasset, pietas, caritas, mansuetudo prorsus abolerentur. Quinto tamen decimoque seculo mulierum Navarrensium virilis effulsit animus, bello civili sæviente. Anno 1405, scissa inter partes contrarias Estella civitate, matronæ in ecclesia sedem elegerunt, tribunal instituerunt, partesque ad se vocatas jusserunt discordias componere (2). Anno 1450, Ludovicus de Bellomonte, factionis princeps insignis, cum post infelicem pugnam in potestatem hostium venisset, a mulieribus Abarzuzensibus liberatus est (3). Item anno 1516, cum *Jimenez* omnia Navarrensium castella everti jussisset, una Johanna de Peralta tale imperium detrectavit, sublatoque in turres vexillo, castellum suum de *Marcilla* intactum servavit, cujus Castellani milites non ausi sunt muros destruere.

Aliud mulierum genus in Navarra esse potuisset

(1) P. Bouhours, *Vie de saint Ignace*. Paris, 1672, 2 vol. in-12. — Id., *Vie de saint François Xavier*. Paris, 2 vol. in-12, 1715. — « Abbatissam Sanctæ Claræ de Gandia, Francisci Xaverii sororem, ineunte sexto decimo seculo, miraculorum et vaticinii donum a Deo accepisse fertur. »

(2) Yanguas, *Dic. de las antig.*, v° *Estella*.

(3) Garibay, *Compendio*, III, p. 418.

alicujus momenti, hoc est sanctimoniales. Sed rara erant admodum monacharum cœnobia, nec ita prospera (1), ut plurimum in re publica valerent, sicut in Castella monasterium de *las Huelgas*, aut in Francia *Chellense*, aut in Lotharingia de Romarici monte. Tenues plerumque sanctimonialium opes, nullusque apud eas aditus, nullumque asylum, nisi ære alieno dissoluto, factaque cum omnibus concordia. Raro monacharum cœnobia a rege liberaliter habebantur (2). Sanctimonialibus de Marcilla Sanctius Sapiens anno 1181 donavit omnes servos qui urbis hujus agrum incolebant, et omnia quæ ab iis solvenda erant vectigalia monialibus concessit (3). Anno tamen 1266 monialium ejusdem monasterii Theobaldus II, patrocinium suscipere debuit, et publico edicto prohibere ne quis eas contumelia afficeret aut damno, simulque eas in jurisdictionem abbatis de Iranzu Cisterciensis jubebat venire (4). Idem rex Theobaldus in testamento annuam decem solidorum pecuniam attribuebat monialibus Sancti Christophori de Leyre, ad impensas convivii quod missam pro ipsius salute quotannis celebratam sequebatur (5). Item anno 1383 sanctimoniales feminæ Sanctæ Claræ de Estella annuam viginti librarum pecuniam a prædicto rege

(1) Santa Maria de Salas de Estella,—Santa Clara de Tudela,—Monjas de Tulnebras, — de Marcilla, — de San Benedicto de San Christoval de Leyre.

(2) Zuaznavar, II, p. 141.

(3) Id., p. 131.

(4) Yanguas, *Dic. de las antig.* V° *Estella.*

(5) Zuaznavar, II, p. 229.

solvendam suppliciter, et quam subjectissime poterant orabant (1).

Inter illa cœnobia unum erat satis grande, *Tuluebras* a Garcia Restauratore erectum. De bonis Maurorum decimam partem percipiebat, liberumque erat a jurisdictione episcopi Tarrazonensis, qui ipse in agro abbatiæ (2) in unam tantum hæreditatem habebat decumam. Opes tamen erant modicæ, nec in duobus novissimis regni seculis videmus ullam Navarrensem principissam in ullum hujus regionis monasterium receptam fuisse.

Jam matronas monialesque in rebus publicis minus valuisse scimus ; ex hoc manifestum est urbanas et villanas nullius fuisse momenti. Absit tamen ut humiliores mulieres sua quæque immunitate caruerint ; lex enim eis confert maximas, rexque sua vice præmia, commodaque haud levia præbebat. In vita publica suum cuique mulieri jus erat, suusque ordo : quantum fieri poterat in tam inurbana ingeniorum asperitate.

Maxima habetur alicui fides, si huic jusjurandum sponte defertur : in Foro Navarrensi mulieris jusjurandum non semel valebat. Testimonium dare poterat de facto, quoties oculatis testibus opus erat, remque scientibus. Item quoties de rescindendo matrimonio agebatur aut de compaternitate (3) aut de filiatione (4),

(1) « *A la real Magestad las vuestras humildes dueinas, servidoras a Dios noch et dia por vos, Seinor*, etc... » — Yanguas, *op. cit.*, v° *Tratamientos*.

(2) Yanguas, *op. cit.*, v° *Tuluebras*.

(3) Gallice « *Compérage* » Cang. Gloss.

(4) Digest.

aut de corruptela in rebus ecclesiasticis (1) testis adhibebatur. Si quis ante moreretur quam censum solvisset, liberique denegarent, defuncti viduæ jusjurandum denuntiare mos erat (2). In Foris Estellæ Sanctique Sebastiani, mulier hominum imparem numerum supplebat, testisque erat de donationibus (3), quum publicis tabulis donatio notata esset.

Si quis in loco deserto periclitaretur, et tunc in summo scilicet discrimine, unus homo unaque fœmina adessent, horum testimonii ea vis erat ut morientis voluntatem declarare posset duorumque legitimorum testium *(cabezaleros)* locum teneret (4). Quod superest, mulierum testimonium constat ex consuetudine et lege provenisse ; atque ex eo quod certis conditionibus testimonium faciendi mulieri jus concessum fuit, manifestum est quanta fuerit in eamdem mulierem observantia. Miro quodam legis articulo jurejurando mulier prægnans interdicebatur, donec partum edidisset si masculum ; tricesimo autem post partum die, si fœminam (5) ; quod præceptum videtur ortum esse ex illa falsa opinione qua mulier prægnans aut parturiens quasi impura videbatur.

(1) F. Gen., l. II, tit. VI, cap. XII.

(2) *Ap.* Zuaznavar, II, p. 182.

(3) Id., p. 172, 211.

(4) « *Si quis moriatur in heremo loco, et erit ibi unus homo « et una foemina valebit testimonium, quemadmodum de cabeza- « leribus* » (F. de Estella, ap. Zuaznavar, II, p. 172).

(5) F. Gen., l. II, tit. VII, cap. I. — Lex Bearnica multo facilius mulierum jusjurandum admittit — sive conjugum (For. Vet., art. 262) sive viduarum (art. 122).

Mulier in aliquo saltem casu testimonii jure utebatur, poteratque ex partium consensu cautelam interponere, sed ejus satisdationem judex sponte accipere non poterat (1). Itaque in his jus mulieris agnoscebatur, simulque lege definiebatur, pro ætatis hujus moribus, omniumque gentium consuetudine.

Item sunt in lege pœnali nonnulla ad mulierem spectantia, ex quibus intelligi potest quanti ipsa æstimaretur. Jus Navarrense, quanquam in hac parte mulieri non admodum faveat, viri mulierisque jura tentat in æquo ponere, ita ut nihil melius fieri possit sive quinto decimo seculo, sive etiam nostro. Plerumque vindicias judex secundum libertatem dabat, accepto sponsore, quanquam Forum Navarrense dilucide vetabat. Anno 1359 quædam vidua, Maria Periz, *Los Arcos* incolens, patrati cum aliquo clerico adulterii accusata, datis vindiciis secundum libertatem a judice, exsulandi etiam priusquam judicaretur facultatem obtinuit. Sic et vindiciæ secundum libertatem mulieri datæ quæ maritum occiderat, sic et ejusdem nurui, quæ sceleris fuerat particeps, partu imminente. Sponsor sibi postulaverat dies post partum quadraginta, quibus elapsis in custodia habita est (2).

Lex insuper prohibebat ne in mulieres quod posset lædere pudicitiam, aut contumeliosum esset quisquam dicere auderet. In vetere Foro de Medina Cœli unius tantum « *mararedi* » mulcta plectebatur si

(1) « In Aragonia de rebus piis licebat mulieris satisdationem in jure accipere (*Dieste y Jimenez*, p. 172).

(2) Yanguas, *Dic. de las Antig.* V° *Juicios.*

quis mulierem aliquam meretricem appellavisset (1); in Navarra tamen mores erant austeriores. Monetariorum Navarrensium corpus, anno 1350 institutum, eum qui meretricis filium quemlibet ejusdem cujus erat ipse societatis hominem vocaverat, quinque solidis mulctabat, quod tamen minoris erat ignominiæ quam si matrem ipsam læsisset (2). Si quis in matrem suam tali vocabulo uteretur statim exhæres fiebat. Vis illatæ pœna erat gravior, in Forisque vetustissimis si quis percussit mulierem, dat pœnam, hujusque delicti, quod sæpe admittebatur, reus pecunia mulctabatur. « *Et si ullus homo* », ut loquitur Forum de Logroño, « *percusserit ad* « *mulierem conjugatam, et potuerit firmare cum una* « *bona mulier, et cum uno bono homine, vel cum* « *duos homines, pectet sexaginta solidos, medios in* « *terra, et si non potuerit firmare, audiat sua* « *jura* » (3). Forum contra Generale declarat : si quis villanam feriet nuptam, regi aut ecclesiæ inservientem, cophiaque ejus humi projicietur, sexaginta solidorum mulctam dabit : si villanam innuptam, quinque tantum solidorum (4). Vulnera patri aut matri illata exhæredatione, et manus amputatione puniuntur (5). Tacetur de muliere nobili, quia perraro illud accidebat, et ultionis cura proximorum erat.

(1) Id., *ibid.* V° *Carcastillo.*

(2) Id., *ibid.* V° *Injurias.* — Quod convitii genus in Hispania, Franciaque meridionali usitatissimum matres non raro ad liberos ipsæ referunt.

(3) *Ap.* Zuaznavar, II, p, 198.

(4) F. Gen., l. V, tit. I, cap. x.

(5) Id., l. V, tit. I, cap. IV et V.

Illata a muliere vulnera eadem pœna afficiuntur. Anno 1188 Forum Antoñanæ, Forumque Bernedi, utrumque antiquissimum, mulierem mulctant triginta tantum solidis (1), qui si non solvuntur, flagellorum castigatio succedit. Mulcta sexaginta solidorum est in Foro Logronensi : « *Et si se levaret ulla mulier* « *per sua lozania, et percusserit ad ullo homine, qui* « *habeat sua mulier legale. et potuerit firmari, similiter* « *pectet sexaginta solidos, medios in terra, et si non* « *potuerit firmare, audiat sua jura* (2). » Liberum erat de compositione arbitrium, quum mulier viri barbam vulserat, aut capillos, aut mentulam (*la genoilla*) (3). Si mulier aliam mulierem verberasset, in Foro de la Guardia viginti solidorum mulcta est ; in Foro Antoñanæ Foroque Bernedi solidorum triginta : « *Si mulier percusserit aliam conjugatam, vel* « *projecerit tocas suas, et ceperit illam per capillos, et* « *percussa hoc probare potuerit cum duabus legitimis* « *mulieribus, persolvat triginta solidos, et dominus* « *Villae habeat medietatem, et percussa medietatem* (4). » Forum Generale indicat quæ compositio debeatur, si verberetur villanus aut villana, nec curat de ceteris (5).

Mulieri percussæ uni jus reum persequendi dabatur ; libellum ad judicem mittebat in quo res enarrabatur,

(1) *Ap.* Zuaznavar, II, p. 160-161.

(2) Id., II, p. 199.

(3) Id., II, p. 160, 164, 199.

(4) Zuaznavar, II, p. 161-164, 191.

(5) Verbera in Judæos vel in Mauros illata D. solidis e Foro Generali mulctabantur, non quod pluris faceret Judæos quam mulieres, sed quod Judæorum conditioni plus inesset periculi, tute-

vadimoniumque promittebat ad constitutum diem, statutamque horam, nisi mallet C libras carolinas nigras persolvere (1). Si nihil demonstratum esset, in jus vocati corporis pœna liberabantur; eos tamen licebat illatum damnum mulieri resarcire, judiciariosque sumptus e suo compensare (2).

In legibus quæ de protervitate, de stupro, de adulterio agebant quam maxime variabatur, neque Forum ipsum servabatur integrum. Anno 1358, mulier quædam, quæ *Aybar* incolebat, mulctam librarum quinque et viginti commiserat carolinarum argentearum, quod in eodem vico ex aliquo presbytero filium conceperat (3). Anno 1382 vir quidam uxoris interfector quinquaginta librarum mulctam solvere debebat, et propterea quod esset pauper, rex carolinas argenteas in nigras, id est cuprinas, mutavit (4). In Foro Tutelensi stuprum mulcta puniebatur (5). Anno 1494 congregatio generalis *(hermandad)* in Navarra habita, capitale illud esse voluit (6). De religione reorum in edicenda pœna maxima habebatur ratio. Anno 1339 homo quidam, qui Ablitas incolebat,

lamque exigeret maximam. Insuper notandum est Judæos in regum potestate vivere, qui eos ut pecudes proprias tuebantur. F. Gen., l. V, tit. I, cap. XII.

(1) Yanguas, *Dic. de las antig.* V° *Juicios.*

(2) Cf., *Append.*, IV.

(3) Yanguas, *Dic. de las antig.* V° *Homicidios.*— « Anno 1364: eadem pœna sumebatur de abbate de *Azterain*, propter adulterium cum Maria, Sanctii Garciæ uxore, et quia ex eo susceperat filium, quem appellaverunt Semenicillum. »

(4) Id., *ibid.*, *loc. cit.*

(5) F. de Tudela, art. 64.

(6) Yanguas, *op. cit.* V° *Hermandades.*

propter Mauræ concubitum, quem avide appetiverat triginta solidis fuit mulctatus. Anno 1341. Saracenus homo, stupri in mulierem christianam insimulatus, flagellari debuit (1). In Saracenos et Judæos lex sponte acriterque sæviebat; anno 1339. innupta quædam Saracena quindecim solidis damnata fuit, quum forte ingravesceret. Anno 1341, Judæus a quo uxor fuerat ante gravidata quam ad synagogam duceretur decem solidis multatus fuit. Si in eadem causa Judæa simul et christiana partes essent, illa vitæ, hæc levioris pœnæ periculum adibat (2).

Forum generale probationes judiciarias sanxerat quatuor, scilicet singulare certamen, candelam, ferrum candens, ferventemque aquam; quas novissimas fœminæ experiebantur, quum sive de paterno nomine inquirendo (3), sive de adulterio agebatur (4). Hæc tamen legum immanium vestigia in multis civitatum vicorumque chartis deleta fuerant. Forum Sanabriæ ferri calentis ferventisque aquæ usum improbabat (5). Medio ferme duodecimo seculo Forum

(1) Id., *ibid.*, *Art^s Homicidios y Juicios*. — Forum Sobrarbicum Judæum et christianam qui sponte coierant in ignem inferri jubebat.

(2) Anno 1333: Christiana quædam nomine *Sancha Montero*, Judæorum quorumdam conscia qui asinam furati fuerant, flagellata fuit; Judæa autem, nomine *Pechera*, eorumdem conscia, viva defossa. Hujus sententiæ impensa XV solidis, denariis IV constitit ad verberandam christianam, solidis autem V, et denariis IX ad Judæam defodiendam.—Yanguas, *op. cit.* V° *Juicios*.

(3) F. Gen., l. V, tit. III, cap. XVI. — Cf. Fuero de Leon, ap. Paquis et Dochez, II, p. 311.

(4) F. Gen., l. V, tit. III, cap. XVIII.

(5) Antequera, p. 181.

Logronense eumdem abolevit (1). Item in chartis Victoriæ (2) (1118), Antoñanæ (1182) (3), Labrazæ (1196) (4), Vianæ (1219), hisque in locis tantum superfuerunt testatio (5) jusque jurandum (6). In quibusdam locis ubi perstabant probationes judiciariæ clerici ferro ignique benedicere noluerunt (7), probationumque ipsarum quinto decimo seculo jam nulla mentio est.

Leges itaque pœnales paulatim moresque mitigabantur. Si quis tutandis Navarrensibus imparem esse compositionem judicaret, nihil tamen in lege occurrit quod mulieri peculiariter sit detrimento ; æque punitur atque vir, æque protegitur. Quod ad « *feudorum* (8) » dominos spectabat, eorumque jura, lex erat humanior, nec non in exigendis fiscalibus pecuniis mulieri plane favebat. Eadem regum in eam benevolentia, viduæque et innuptæ tributa dimittebant, aut privilegia concedebant honoris causa. In antiquissimis codicibus viduæ mulieres innuptæque partem tantum solvebant vectigalium a viro exigendorum, plerumque quartam (9). Villano exstincto

(1) Zuaznavar, II, p. 198.

(2) Id., ibid., p. 137.

(3) Id., ibid., p. 130.

(4) Id., ibid., p. 153.

(5) In Cuenca civitate, mulierem adulterio insimulatam duodecim honestarum mulierum jusjurandum ab omni crimine liberabat. — Paquis et Dochez, II, 310, 316.

(6) Yanguas, *Dic. de los Fueros*, *Introd.*, p. IX.

(7) F. Gen., l. V, tit. III, cap. XVIII.

(8) Cang., *Gloss.*

(9) Anno 1192, in Esteribar, vectigal unius hominis æstimatur viduarum esse IV. Idem in Gulina (1192), in Altaz (1193), in

« *restituram* » seu devolvendæ hæreditatis mercedem vir integram, mulier dimidiam dabat (1). Militiæ mulier vacatione, militarisque stipendii exoneratione fruebatur *(fonsadera)* (2); excipiendorum domus suæ hospitio militum necessitate non obstringebatur. Viduæ innuptæque nobiles habentes jus civitatis *(vecindad)* in vico ad regem non pertinente, et judice regio deficiente, domi sustentare poterant janitorem *(clavero, casero)*, ipsum quoque militiæ immunem (3). Ex quadam castellana compilatione, dicta « *Especulo* » ante VII Partium Codicem conscripta, intelligimus mulierem in quacunque re civili se ignaram esse juris posse profiteri (4). Item in Aragoniæ Cataloniæque legibus. Quod si forte tacet Forum Generale, ideo tacet quod præcepta ejus communia sunt, latiusque patent, neque exceptionibus locum dant. Legum vicem supplebat

Eraso (1386). — Yanguas, *Adiciones al Dic. de las Antig.* Art[os] Esteribar, Gulina. Ataz, Eraso.

« *De mulieribus autem viduis..... quae non teneant in suas « casas hominem pro quo habeant ad pectare pectam integram, « volo et mando quod IV viduae tales pectent tantum quomodo « unus homo de inter illos qui pectam debeant dare; et mulieres « pectent suam pectam singulis annis in Mayo, quando varones « pectaverint suam.* » F. de Larraun, *ap.* Zuaznavar, II, p. 196.

(1) F. Gen., l. III, tit. V, cap. xvi. — L. III, tit. IV, cap. iii.

(2) « *Vidua de Nagera quae non habet filium, non debet ullam « fonsaderam, et si habet filium qui possit ire in apellido, vel « in fonsado, et non fuerit. ille aut homo suus pro illo pectet « fonsaderam.* » — F. de Nagera, *ap.* Zuaznavar, I, p. 299. — Cf. Fuero de Estella, *ap.* eumd. II, p. 174.

(3) F. de Nagera, *ap.* Zuaznavar, I, p. 241, 294.

(4) F. Gen., l. I, tit. I, cap. iii.

regum benignitas. Princeps Vianæ mandabat ut æris publici tabulas inspicientes aliquod tempus darent cujusdam ex iis viduæ quæ mariti scripturas amiserat (1). Dominæ quoque de *Lizarazu*. cum hominibus de *Olague* causam dicentes provocationem accipiebat (2). Idem princeps parce viventibus contributionem omnem in cibaria dimittebat (3), servorumque suorum uxoribus ægrotantibus, aut pauperculis, frumentum dari curabat (4), aut mustum (5), aut pecuniam, qua bonum lectum possent comparare (6). In administratione sive principis sive regis munera (*gracias y mercedes reales*) primas tenebant, rarissimeque fiebat ut alicui rem quamdam a rege postulanti aliquid munusculi negaretur. Carolus III ex insigni liberalitate Nobilis cognomen duxit; idem Blancæ filiæ videtur fuisse animus (7). Princeps Vianæ semper pecuniæ indigebat, largitusque omnia quæ habebat, decies majora pollicebatur. In illo terrarum tractu non ita longo fere omnes civitatum principes regem minime ignorabant, et sicut hic parentis, ita liberorum illi animum sumebant, agebantque invicem familiariter. Princeps Vianæ Pampilonenses domi invisebat, tecta quæ in urbe possidebat servorum suorum viduis aut donabat aut locabat, nec dubitabat eis ornamentorum maximi

(1) Arch. de Nav., caj. 157, 25.
(2) Id., caj., 157, 36.
(3) Id., caj., 151,30.
(4) Id., caj., 157, 6.
(5) Id., caj., 157, 38; 151, 28.
(6) Id., caj., 152, 16.
(7) La Piscina, l. V, cap. I.

pretii custodiam credere, ab eisque pecuniam sumere mutuam.

Facile credas ex illa familiaritate quamdam nasci posse intemperantiam, neque reges aut principes magnam morum severitatem profitebantur. Carolus Malus filium susceperat ex quadam matrona dicta Catalina de Lizado, quod illa aperte fatebatur, audacter subscribens « *Catalina madre* » (1). Ludovicus de Bellomonte, Caroli Mali frater, ex Maria de Lizarazu nothum habuit, posthac Maximum Navarræ Signiferum (2). Ex muliere quadam dicta *Condesa* filiam genuit Johannam, in ipsa aula baptizatam, et in cœnobio Sanctæ Claræ de Estella educatam, cum filia regis legitima (3). Erant plures nothi, Carolo Nobili oriundi, et ejus fratre Leonello de Navarra, duosque Signifer Maximus nothos habuit (4). Carolus Vianæ princeps quatuor habuit amicas, nec omnes innotuerunt. Item non austeri admodum fuere procerum mores, frequensque erat spuriorum numerus. Iis nativitatis vitium dedecori non erat : sic in Francia eodem tempore legimus Johannem Dunensem comitem matris suæ maritum ut patrem infitiari, nothumque se dici velle Aurelianensem. Quale id cumque est, exceptoque regum aut optimatum lascivia, plerumque Navarrensium mores austeri et graves exstitere, castaque et honesta matrimonia.

Prius noverunt Hispani illud pulcherrimum An-

(1) La Grèze, *Nav. Franc.*, t. II, tit. II, ch. IV.
(2) Yanguas, *Dic. de las antig.* V° *Beaumont.*
(3) Id., *ibid.* V° *Juana.*
(4) Id., *ibid.*, *Art*^os *Frances, Bastardia, Alcandora*

glorum adagium « *my house is my castle* », domumque decreverunt esse sacrosanctam, nec ullomodo scrutandam. In Foro de Daroca domus violatio ad regem pertinet (1); in Foro de Medina Cœli, a Carcastellanis usurpato, in istius modi delictum pœnæ edicuntur maximæ, Domus violatoris eruetur; si domus non fuerit, bis tantum dabit quantum fuerit domus violatæ pretium, item si non habuerit unde satisdare possit, nec cibus ei dabitur nec potus, donec moriatur (2). Navarræ rex, in vicis ubi nullam possi-

(1) Antequera, p. 169.

(2) « *Qui casa alena forzare, echenli las suas en tierra, et si* « *non oviere casas el forzador peche el duplo que valian las casas* « *al rancuroso, et si non puede pechar, no coma ni beba ata que* « *muera.* » — Antequera, p. 172. — Yanguas, *Dic. de las antig.* V° *Carcastillo*. In Bearnio domus violator decem et octo solidis tantum multatur. (For. Olor. Forum Morlanense addit sexaginta sex solidos seniori solvendos, nullaque pœna domus dominum afficit si necat pervasorem. (For. Morlan., art. 17). Ex vetustissimo Foro domus mulieris parturientis omni viro sacra est (art. 150). Ex Foro Morlanensi viduæ in pace Ecclesiæ vivunt (art. 242).

Nullam in chartis navarrensibus reperimus mentionem juris istius odiosissimi quod cruragii nomine veteres nostri designabant, quod quidem in Bearnio in jure et in re exstitisse, sub principio decimi sexti seculi, ex sequenti scriptura satis apparebit :

Item que quant auguns de tals maisons se mariden dabant que conexer lors molhers, son tengutz de las presentar per la prumere noeyt au medixs senhor de Lobie per en far a son plaser, o autrement lou valhar cert tribut.

Item si ben de cescun infant qui engendren lo son tengutz paguar certane some de diner. Et s'y adbien que lo prumer nascut sie infant mascle, es francq per so qui poeyre star engendrat de las

debat domum habitabilem, poterat villanorum tecta sibi reservare per totum unius anni spatium, ut ibi tribunal judicis regii institueretur; tunc villani domus fiebat regis hospitium « *posada del rey* » totoque anni spatio (1) immunis erat. Grave onus esse non diffitemur, sed ineluctabile in illa plebis paucitate, vicorum quorumdam exiguitate, ærisque regii penuria. Excepto hoc uno casu, integram domicilii libertatem leges Navarrenses expresse tuebantur. Justitiæ ministris non licebat domos ingredi ut facinorosos persequerentur, nisi de proditore aut manifesto latrone ageretur (2). Quicunque, his exceptis, domum violaverat minister (*merino*), hunc tecti dominus occidere poterat (3).

In Navarra quinto decimo seculo nec intra nec extra multæ domorum commoditates. In vicis, muri quatuor, januaque una, tectique operculum domum faciebant (4), medio cubiculo lapides aliquot foci locum obtinebant, nobiliumque sedes aliis grandior quidem erat, vix autem gratior. Urbes munitæ domos habebant angustas, altas, clausas potius quam illustres. Multa erat proles, generisque nobilitas simul atque opulentia ex clientum et famulorum numero

obres deudiit senhor de Lobie en la dicte prumere noeyt et de sous susdits plasers.

Den. des biens et dr. de Jean, seigneur de Louvie Soubiron (1538).

(*Bull. de la Soc. de Pau, 1884-85*, p. 343).

(1) F. Gen., l. III, tit. IV, cap. IV.

(2) Id., l. V, tit. X, cap. I.

(3) Yanguas, *Dic. de las antig.* V° *Merinos.*

(4) Id., *Dic. de Fueros.* V° *Vecindad.*

æstimabantur. Omnibus rei privatæ commodis materfamilias invigilabat, et majore utebatur potestate quam Forum Generale voluerat. Quotiescunque hospes excipiebatur, materfamilias mensæ quam festissimo cultu præerat (1).

In omnibus summa simplicitas ; virginum caput nudum, capillus promissus, ideoque dicebantur virgines comatæ *(mancebas de cabello)* (2) ; dicebantur etiam absconditæ *(escosas, absconsas, escondidas)*, vitamque segregem agebant, præcipue nobiles, eamque summam verecundiam innata genti invidia præscribebat ; quod quidem nos ex pulcherrimis carminibus quæ a Marina referuntur plane intelligimus (3). Ruri vita facilior ; æstivo tempore conventus *(mecetas)* feriæque celebrabantur, in quibus e vicis diversis saltaturi aderant adolescentes puellæque : frequens adolescentium æmulatio, frequentesque rixæ, quæ choreas rumpebant. Anno igitur 1418 Carolus Nobilis in Novellis istius modi discordias prohibere voluit ; mores autem vicerunt, Novellæque sine effectu mansere (4).

Mulieres connubio junctæ comam sub amplissima cophia nivei coloris, dicta « *tocas* », clausam habe-

(1) Mos ad hunc diem servatur in Navarræ et Aragoniæ montibus.

(2) Marina, *Ensayo*, p. 213. — La Grèze, l. II, tit. II.

(3) *Estar sola con vos solo, esto yo non lo faria,*
Non debe la muger estar sola en tal compania,
Nace dende mala fama, mi deshonra seria,
Ante testigos que nos veyan fablar vos he algun dia.
Copla, 655, del arcipreste de Hita. *Ap.* Marina, p. 213.

(4) Yanguas, *Dic. de las antig.* V° *Fuero.*

bant. Plerumque tunicam pullam induebant, pannumque sive nigrum, sive fuscum, sive cinereum prætextum pellibus (1). Urbanarum tamen cultus laudabatur; in concilio generali per intervalla leges sumptuariæ ad coercendam mulierum intemperantem luxuriam (2) a rege postulabantur. Carolus Nobilis Estellæ matronas gestare vetuit totam muliebris ornatus seriem, ut monilia, sertaque ex auro, gemmas, lapillos, fibulas aureas, pelles murinas, cophias « *tocas* » appellatas, tubulataque strophia (3), vestesque sive purpureas, sive sericas, seu etiam aureas. Cingulis autem et fibulis uti licuit, fibrinaque pelle imam et anteriorem stolam prætexere (4). Aula quidem regia excipiebatur (5); ibique, id est in Navarra, sicut ubique gentium fieri solet, latæ leges paulatim obsolescebant. Virorum liberalium uxores corpus stolis gemmatis, lacertosque auro ornabant diebus festis, et eo tempore Navarræ vici et civitates vivido quodam colore præter solitum effulgebant.

Item quilibet præcipuus privatæ vitæ eventus, quales erant nuptiæ, matrum post partum purgationes (6), natalitia, pro die festo habebatur; quas ferias alias descripsimus, atque ideo satis erit memorare patrinum et matrinam a parentibus vulgo eligi inter ditiores et potentiores, ex quibus aliquam

(1) Yanguas, *Dic. de las antig.* V° *Reire.*

(2) Id., *ibid.* V° *Fuero.*

(3) Gallice « *fraises.* »

(4) Yanguas, *op. cit.*, v° *Estella.*

(5) Id., *ibid.*, v° *Fuilla.*

(6) Gallice « *relevailles.* »

possent dum viverent, percipere utilitatem. Mos erat patrinum et matrinam filiolo aliquod munusculum efferre, bullam auream aut argenteam, peculiamve, aut dignitatis titulum, aut etiam fundum (1). Splendidissima regum aut optimatum connubia. Carolus Nobilis ad celebrandas filiæ suæ nuptias cum Johanne de Aragonia quatuor florenorum millia mutuatus est (2). Anno 1427, Hugo de Cardona Blancam de Beorlegui (3) quum duceret uxorem, quingentos convivas ad epulas vocavit. Apud nobiles choreæ, symphoniæ, spectacula cujusque generis, hastiludia (4), decertantium taurorum spectacula sequebantur epulas; apud villanos præter cœnam longiorem choreasque nil insoliti erat gaudii.

Testator summa cum diligentia ordinandum funus curabat, et missas celebrari jubebat ad animæ remedium; in his quoque magna convivia, magnæque impensæ. Blanca, Navarræ regina, mille missas pro quiete animæ celebrari voluit in omnibus regni ecclesiis, mausoleumque exstrui e lapidibus affabre factum (5). Magdalena de Francia, regni procuratrix, exsequias suas reliquaque funebria (*exsequies, funeralhes, septen, trenten et cap d'an*) filiæ suæ mandabat, simul duodecim missarum millia sibi postulabat (6); Catharina de Fuxio quindecim millia (7).

(1) Yanguas, *Dic. de las Antig.* Art^os *Bapteo*, *Chesnes*, *Ramirez*.

(2) Id., *ibid.* V° *Reyes*.

(3) Id., *ibid.* V° *Cardona*.

(4) Cang., *Gloss*.

(5) Arch. des Bass. Pyr., E, 538.

(6) Ibid., E, 545.

(7) Ibid., E, 551.

Ducissa de *Villahermosa*, uxor nothi cujusdam Johannis II Aragoniæ regis, volebat sarcophagum suum panno nigro involvi cum alba cruce lubrico serico contexta (1). Humatorum titulus lateri opponebatur qui nomina dignitatesque honeste memorabat (2).

Ruri longe alius funerum cultus, sive de nobili, sive de villano ageretur. Mortuus villanus statim sepeliebatur ; nocte tota virum mulieremque nobilem custodiebant vir aut mulier matrimonio conjuncti (*echaun y echandra*) eamdem incolentes parochiam (3). Oriente sole, civitatis Major in ecclesiam se conferebat, terque campanam agitabat. Tum subitus fiebat omnium vici incolarum concursus, qui fossam excavarent, viderentque ne quis in eam incideret. Parentes defuncti viri aut defunctæ mulieris, fossa excavata, si in animo haberent sepulturæ locum mutare, alium indicare poterant, sed priorem fossam frumento explere debebant, lapidemque in eam impo-

(1) Yanguas, *Dic. de las antig.* V° *Cortes*.

(2) Epit. reginæ Leonoræ (+ 1416) :

« *Aqui yace sepellida la reina Doña Leonor, muger del rey* « *Don Carlos el tercero, que Dios perdone. La qual fue muy* « *buena reina, sabia et devota, e fino quinto dia de Marzo del* « *año de M CCCCXVI. Rogad a Dios por su Alma.* » (Yanguas, *op. cit.* V° *Reyes*.

Epit. Dominæ de Villaespesa (+ 1418) :

« *Aqui yace la muy honorable Ducina Doña Isabel de Ujue,* « *mujer del dicho Mosen Frances, la cual fino en el XXIII dia* « *del mes de Noviembre del anio de la Natividad de Nuestro* « *Seinor Jesu Christo mil CCCC et dis i ocho. Rogad a Jesu* » *Christo por ella.* » (Yanguas, *Adiciones al dic.*, p. 375).

(3) F. Gen., l. III, tit. XXI, cap. I.

nere quasi cadaver in ea requiesceret. Frumentum haud dubie fossores servabant in laboris pretium (1).

In officio divino (2), illa ipsa die, dieque novena, itemque anniversaria dona sæpe insignia ecclesiæ accipiebant, pauperesque eleemosynam (3). Mos erat parentes et amicos ad funus vocari, cibusque parabatur, et ille quidem non sine abusu ; quædam enim funebria convivia nuptiarum epulas imitabantur. Lex igitur decrevit quid impensæ in his temporum articulis fieri liceret : scilicet pro villano sex frumenti modios (« *robos* ») amphorasque vini, pro villana septem (4) ; in nobilium exsequiis nihil immutatum, mosque prævaluit contra sumptuarias leges, campanarumque tinnitus factus est immedicabilis (5).

Cum parentes fratresque morerentur, mutabantur vestes. In luctu sordidæ erant apud nobiles et divites (6), apud alios dissutæ et laceratæ (7) ; viduæ

(1) Yanguas, *Dic. de las Antig.* V° *Cadaveres.*

(2) Cang,, *Gloss,*

(3) Yanguas, *op. cit.* V° *Entierros.* — *Doc. ined. de Arag.*, t. XXVI, p. 90.

(4) F. Gen., l. II, tit. IV, cap. IX. — In Bearnio funerum sumptus decimam bonorum partem nunquam excedunt (For. Gen., *De marit et molhe*, § 7).

(5) In moribus singulare simul et antiquissimi juris erat debitoris funus a creditore posse prohiberi, quod populorum salubritati minime conveniebat. Anno autem 1401, Carolus Nobilis jussit, si quando illud forte accideret, debitoris bona a creditore venumdari, quod sapientissime edictum moris singularitatem abolevit. — Yang., *Dic. de las Antig.* V° *Cadaveres.*

(6) *Brunette, rosel de Tarbes.*

(7) Yanguas, *Dic. de las antig.* V° *Estella.*

cucullum induebant (1). Igitur, exceptis portentosis, quae prima evanuerunt, apparet integra morum Navarrensium simplicitas, apparet simul humanitas, nec immerito possumus etiam nunc Navarram, cum Francia occidentali conferre; atque eo prorsus modo apud nos rustici, et urbium minorum cives, agunt atque sentiunt. Ingens erat solitudo; paucorum hominum, paucarumque cogitationum; ea tamen qualiscumque fuit, sinceros fortesque viros, gravesque matronas, officiique munus exsequentes informare valuit.

(1) Quod in plerisque nostris provinciis servatur. Cæsareæ viduarum cappa dicitur « *Kiss my not* » id est : noli osculari.

CONCLUSIO

Quæ fuerit mulieris apud Navarrenses conditio diligenter inquisivimus, e scriptura Fori Generalis, chartarumque originibus, novissimorumque regni seculorum historicis. Superest ut concludamus, indicemusque quanti sit pretii inter ceteros Hispaniæ codices Forum Navarrensium Generale, quæ fuerint in his ejusdem Fori quas adivimus partes ex aliis documentis adscita ; ac deinde strictim dicemus quid de summa sentiendum esse credamus.

Inter Europæ leges lex Hispanica multiformis erat (1), quemadmodum ipsa Hispania erat in partes maxime divisa. Suam quæque regio habebat legem, et de jurisperiti bibliotheca haud secus atque apud Romanos multis camelis onus imponeretur. Legum omnium duplex fons et natura, scilicet jus romanum, et jus e consuetudine factum. Castella et Catalonia jus romanum plerumque admittunt, et apud Castellanos Codex VII Partium, edictumque Complutense jus romanum plane referunt. In Catalonia jurisperitus *Guillermo Botet* dicebat : « *Majore autem parte usaticorum utimur, gothicis vero legibus paucissimis utimur, legibus quidem romanis pluribus utimur* (2). »

(1) Cf., *in App.*, v.

(2) Antequera, p. 324.

At contra in Vasconia, Navarra et Aragonia consuetudo plus valuit; Codex autem Aragoniæ per CC annos elaboratus regiam magis sapit auctoritatem quam veterem gentis consuetudinem. Forum Vasconiæ, Guipuzcoæ et Alavæ, tum privatum, tum generale, fere totum ad rem publicam spectat; Forum Navarræ Generale, pene sequens Forum Sobrarbicum, chartasque civitatum et vicorum, Theobaldi I jussu ordinatas, diuque rationalis monumenti tantum habens auctoritatem, antiquissima simul et verissima est effigies juris hispanici.

In Foro Generali facile est dignoscere modo romani juris vestigia, modo germanici, modo etiam feudalis.

Ad jus romanum, codicesque Hispaniæ ex illo ortos pertinent in Foro Generali rerum ordinatio, distributio rationabilis in libros, titulos et capita, dotis institutio, bona quæ non possunt abalienari. In utroque jure Navarrensi et Romano uxoris bonorum maritus procurator est, minuiturque notabiliter durante matrimonio juridica uxoris persona. Item quidquid de concubinatu sancitum est, aut de alimentis notho præbendis, ex eodem fonte haustum est, et fidejussoribus romanis « *fiadores* » Navarrenses facile possunt æquiparari.

Item jus germanicum referunt non pauca institutorum genera. Sic in jure civili arrhæ uxori a marito attributæ, sic inter conjuges constituta societas, et jus conjugum sive mutuo contrahendi, sive testandi; propinqui ex latere ascendentibus prælati, in omni fere casu data cautela. In jure pœnali Forum Navarrense ex jure germanico sumpsit pecuniariam delictorum compensationem (*Wehrgeld*) judiciariæque probationis usum (*Urtheilen, ordalies*), nec non jus concessum parentibus viri occisi facinoris auctorem persequendi. Inter hæc tristia nonnihil reperimus laude dignum ; reus enim, pendente causa, libertate fruitur, adhibita cautione, quod uniuscujusque libertati summopere propitium est.

Navarra optimatium arbitrio regebatur, maximumque erat inter nobiles et villanos discrimen, nempe vir nobilis mulierem sibi imparem, sive genere, sive opibus, uxorem ducere non cogebatur, vel si ipse vim attulisset. Item matrimonii inter nobiles personas celebrati extra consuetudinem feudalici juris non is erat effectus qui legitimas nuptias sequebatur. Collata a rege officia viro nobili, honoresque in uxoris potestatem successionis jure non veniebant, et pariter non beneficia omnia, quæ tantum mulieres obtinebant, hærede masculo deficiente. Ususfructus in viduitate ex terminis ipsius Fori Navarrensis non nisi nobilibus contingebat, unique testandi libere habebant facultatem, maximaque erat in legibus pœnalibus inter nobilem et villanum differentia.

Facta in Foro Generali variarum legum portione, supersunt in eodem non pauca instituta singularia simul, et ad populi indolem mire accommodata, ex quibus facile intelligitur cur eadem ad hoc tempus, saltem in nonnullis articulis, viguerint. — In Foro Generali pueri VII annos nati sui juris evadunt : volunt Novellæ Philippi Regis XII aut XIV esse natos, quod serius fit in omnibus Hispanicis legibus. Nubenti sorori fratris venia non poscitur ; pater dotem non constituit ; filiæque licet nubere, invitis parentibus. Maritus abalienatam dotem redimere non jubetur. Item nullus in arrhis conficiendis terminus, nulla paraphernalium bonorum fit mentio. Matrimonii consecratio ecclesiastica per se non valet, nec maritus uxori absenti fidem servare debet; illam autem sustentare debet pro dignitate et opibus suis. Domicilii libertatem illæsam manere jubent leges. Diu repudium remittere licuit, maritoque divortium quoad mensam et torum non detrahit uxoris bonorum usum. Iterum nubere potest vidua, nulla interposita mora; ea tamen lege ut liberis quam minime noceant secundæ nuptiæ. In nullo alio Hispanici juris codice invenias, ut in Navarrensi, integrum fructuum usum conjugi superstiti fuisse servatum. Forum Generale patriam potestatem non agnoscit, tutelamque eam appelat, onusque vult esse, non privilegium; tutela mater fungitur patris loco mortui. Forum liberis patres alendos tradit, non liberos parentibus. Si quis intestatus moritur, bona ejus ad quartum usque gradum adgnatorum fiunt, postea ad dominum loci (*el señor de la villa*) deveniunt. Libere testandi facultas nobilibus conceditur, quod in una Aragonia occurrit. In omni conjunctione vetita Forum Generale prudenter et humane se habet, raptorique indulgens docet quo pacto in veniam possit recipi; maritum qui adulterum occiderit non jubet simul adulteram interficere; duplici adulterio ortum (*campix*) ab adulterino non discernit, alimentaque omnibus adulterinis licet testamento legare.

Quod si Fori Navarrensis indolem paucis effingere velimus, dicemus in illo ea quæ potissimum immanitatem redolerent mature obsolevisse; servavit sine dubio nescio quid rude et asperum, ut decebat agricolas et pastores montanos, sed mulieris conditionem nonnunquam curæ habuit, nataliumque simul inter Navarrenses iniquitatem reparare tentavit. Multi in duobus novissimis reipublicæ seculis a regibus in optimates cooptati sunt, sextamque populi partem sexto decimo seculo nobilem fuisse legimus. Iisdem temporibus melior fiebat villanorum conditio; cujusvis manumissio, vel liberatio pagi cujusdam, aut etiam regionis, servitutis gravissima onera miseris adimebant; feudalis (1) ipsa consuetudo mulierem contra vim, aut injurias tuebatur, et maximis solvebat laboribus aut pecuniis. Humanus erat militum (2) nobilium animus, humani mores, novusque jam exoriebatur rerum status. Princeps ille Vianæ Carolus, qui usque ad trigesimum ætatis annum Navarram incoluit, quid ipse fuit nisi exemplum pulcherrimum politæ jam gentis, quæ in servandis propriis legibus manifestum fecerat se ad meliora tendere; unde certissime concludendum esse judicamus Forum Generale omnium Hispaniæ codicum exstitisse longe humanissimum.

(1) Cang. Gloss.
(2) Id.

APPENDIX.

I. — SERIES LEGUM VETUSTISSIMARUM NAVARRÆ.

1000–1036.	Fuero de Nagera.
1076.	F. de Nagera II.
1090.	F. de Jaca.
1092.	F. de Estella.
	F. de Arguedas.
1095.	F. de Logroño.
	F. de Tafalla.
1102.	F. de Caparroso.
1105.	F. de Caro.
1114 ou 1115.	F. de Tudela (para Los Moros).
1117.	F. de Tudela (para Los Christianos).
1122.	F. de Tudela.
	F. de Olite (F. de Los francos de Estella).
1124.	F. de Cabanillas.
1129.	F. de Caseda (F. de Daroca y Soria).
	F. del Nuevo Burgo de San Cerni de Pamplona (F. de Jaca).
1132.	F. de Gares.
1144.	F. de Peralta.
1147.	F. de Olite (F. de Los francos de Estella).
1149.	F. de Monreal (F. de Olite).
1150.	F. de San Sebastian.
	F. de Fuenterabia.
1150.	F. de Guetaria.
	F. de Motrico.
	F. de S. Vicente de La Barquera.
1160.	F. de Sanguesa La Nueva.
1164.	F. de Estella.
	F. de La Guardia.
1170.	F. de Los Judios de Tudela.

1171. F. de Castelon de Sanguesa.
1172. F. de S. Vicente de Sosierra en la Rioja.
1173. F. de Peralta.
1174. F. de Villanueva.
F. de Illiberri (F. de San Cerni de Pamplona)
1175 ou 1176. F. de Los Arcos.
1180 ou 1192. F. de Durango.
1181. F. de Vittoria (F. de Logroño).
1182. F. de Antoñana.
F. de Bernedo.
1183. F. de Larraga.
1184. F. de Villaba (F. del Burgo de Pamplona).
1185. F. de Navascues.
1187. F. del Paral de S. Miguel (F. de Los francos de Estella).
1191. F. de Villafranca.
1192. F. de Larraun.
1192. F. de Los Labradores del valle de Gulina.
» » Leiza.
» » Beinza.
» » Labayen.
» » Saldias.
1193. F. de Imoz.
F. de Larraga.
F. de Artajona.
1194. F. de Mendigorria.
1195. F. de Urroz.
1196. F. de Los Arcos.
F. de Musquiz.
F. de Zurindain.
F, de Artezu.
F. de Orindain.
F. de S. Cristoval de Labraza.
1197. F. de San Martin de Unx.
1198. F. de Eslaba.
1201. F. de Inzura.
1207. F. de Tafalla.
1210. F. de Mendigorria.

1219. F. de Viana.
1256. F. de Melida.
1269. F. de Aguilar.
F. de Lanz.
1269. F. de Murillo.
F. de Arandigoyen.
1270. F. de La Guardia.
1271. F. de Los Arcos.
F. de Villafranca.
1274. F. del Espinal.
1329. F. de San Juan del Pie de Puerto (F. de Bayona).

II. — HISTORIA FORI GENERALIS NAVARRENSIS.

1117. Alphonsus Bellator concedit civitati Tutelensi Forum Sobrarbicum quod eodem tempore recipiunt civitates navarrenses octo et viginti.

ante 1270. Transfertur Forum Sobrarbicum in linguam romanam vulgarem.

1237. Theobaldus primus, Navarræ rex, jubet in unum colligi generale omnium fororum municipalium corpus.

1305. Johanna regina in Navarram mittit judices novem ad reformandas regni leges.

1329. Aymarus dominus de Arthiato, et Henricus dominus de Sulliaco, Magnus Franciæ Buticularius, Pampilonam veniunt, ut accipiant formulam jurisjurandi qualem Johanna Franciæ et Philippus Ebroïcensis præstaturi sunt juxta capitulum Fori generalis primum institutum.

1229.1346. Scribitur Fori generalis exemplar hodie servatum in Navarræ bibliotheca.

1330. Emendatio regis Philippi secundi Ebroïcensis. Tres codices parantur, quorum unus in usum nobilium, alter burgensium, tertius rusticorum.

1418. Caroli Nobilis emendatio altera.

1511. Agitur de Foro navarrensi generaliter emendando.

1528. Navarrenses Carolo quinto offerunt novam Fori

generalis formulam dictam « *Fuero reducido* » in qua jungere tentaverunt leges municipales Foro Navarrensium generali ; adversabantur eorum propositis civitates Tutela, Estella et Puente-la-Reyna.

1531. Questores a Carolo quinto instituti ut de « *Fuero reducido* » inquirerent, opus sibi datum perficiunt.

1538. Carolus quintus recusat sancire opus elaboratum.

1565. Concilium Navarræ Forum reductum iterum regis legato affert ipsi confirmandum.

1583. Curia Navarrensis Sanguesæ habita rogat ut judices et advocati codices suos conferant cum manuscripto libello in Cubiculo Rationum servato ; quibus assentit regis legatus.

1628. Curia Navarrensis statuit Forum generale typis mandari.

1632. Syndicis Navarræ committitur cura Fori generalis edendi.

1641. Legati Navarrenses Forum generale curant transcribendum.

1677. D. Marcus de Echauri, regis legatus, Cubiculi Rationum a secretis jubet ut Fori generalis translatio exhibeatur.

1686. Forum generale prodit in vulgus.

III. — Quomodo vir nobilis nuptum det filiam virginem, et quomodo integritas corporis probetur, et quis puellam exheredare possit nisi virgo fuerit.

For. Gen., L. IV, Tit. I, Cap. II.

.... Et dicit sponsus patri et adgnatis (filiæ) : « libenter hanc uxorem acciperem nisi mala fama esset super ea » et dicit pater cum adgnatis « accipe eam uxorem, cum nil tale sit in ea nisi fama. » Fidejussores ergo pater det sponso, ut sponsus filiam non ducat uxorem, si factum de quo fama est verum invenitur, sin autem falsum ut ducat uxorem. Pater, sponsus et alii adgnati adeant tres vel quinque matronas fiducia dignas, et sponsam prehendant, et deducant eam in domum, et optime lavent corpus ejus, et manus pellibus operiant, et manicas alligent certis vinculis, caveantque ne sese vinculis liberet, nam si se liberasset rea haberetur confitens. Ceterum lectum componant, et eam in lectum deponant, cavendo ne capillis seu aliis membris aculeum eclaverit sive aliam rem ad faciendum sanguinem idoneam, et adducant sponsum, et jubeant eum jacere cum puella, ut jacere solent conjuges, et fidejussores testesque dormiant in eadem domo, et inspiciant lectum mane. Quorum si major pars dixerit sanguinem apparere (in stragulis) sponsus puellam accipito, si contra major pars dixerit sanguinem non apparere, filia exhæres esto, et sponsus, fidejussorum adhibito testimonio, abito suam viam, et filia exhæres maneto.

IV. — JUDICIUM QUÆSTIONIS ANNO 1368.

Epistola ad Fr. Montalino de Aya ad Navarram regendam legato.

« Domine regis legate, serva humilis tua Coaco, functæ Mariæ Sanchez filia, cum humili debitaque reverentia misericordiam postulat a nobili tuo dominatu.

« Placeat tibi, nobilissime senior, scire quod in festo Sancti Joannis-Baptistæ, cum prædicta mater viveret in pace et quiete cum Pascali de Palomar, Leachi cive, patre meo, nec ullum cuiquam damnum ullamque afferret injuriam, Toda Garyalo, Martinusque Sanchez, filius ejus, tentati a diabolo, supervenerunt apud matrem meam, et omni pudore omnique Dei timore, justitiæque cura posthabitis, januis item domus clausis, subito, et pessimo more muris perfractis impetum fecerunt, matremque Mariam, sub tecto gravidam tot ictibus confoderunt, ut exanimem quasi reliquerint. Ita ut, nobilissime senior, mater abortivum fœtum ediderit et nato sinu ejecto post paucos dies ipsa obierit, ictibus mortiferis confossa. »

Causæ rogatrix supplex petit ut de aggressoribus corporale judicium sumatur propter mala et enormia facinora, bonaque eorum inter manus regis ponantur : « Dico enim summa cum reverentia,

sive propter quod matrem verberaverint, et abortus auctores fuerint, sive quod ipsa perierit vulneribus ab iis illatis, utriusque rei causa, jubere illud debetis, atque ita mihi justam et æquam sententiam reddetis, matrique meæ quæ grave passa est martyrium et grandem ærumnam. Deus vestram exaltet vitam, cum multis annis et felicibus. »

Perlecta tabella, omnia negaverunt in causam vocati, rogatrixque postulavit ut probationem daret. Regis legatus testes interrogandos commisit Martino Ibañez de Asiain, equiti, qui, perfunctus munere, quæ ipse recognoverat legato retulit. Impar visa est, post lectionem coram frequente curia datam, rerum probatio, sed ex quorumdam testimonio aperte vim illatam fuisse adeo patuit, ut, exceptis personis, mulcta pecunià solvi posse judicaretur. Itaque dicitur legatus, expensa causa, et bonorum hominum opinione, qui verum cognovere Forum bonamque rationem, reos pœnæ corporalis decrevisse esse immunes, et voluisse simul decem libras decemque solidos solvi ad impensas judicii.

Arch. de Nav., caj. 123, n° 79.

Apud Yanguas., *Dic. de las antig.*, II, p. 131.

Vidi ac perlegi :

Lutetiæ Parisiorum, in Sorbona, a. d. 17 Kal. aug. ann. MDCCCLXXXVIII.

Facultatis Litterarum in Academia Parisiensi Decanus,

A. HIMLY.

Typis mandetur :

Academiae Pariensis Rector,

GRÉARD.

LEGUM HISPANARUM TABULA GENERALIS

CASTELLA	CATALONIA	ARAGONIA	NAVARRA	VASCONIA
Forum judicum (VIIe s.). Fuero de los fijos d'algo. 1138. Fuero viejo. 1212. Fuero real. 1254-1255. Especulo, Setenario, *Partidas* } Alphonso X. *Ordenamiento de Alcala.* 1346-48. Ordenancias reales de Castilla. 1488. Leyes de Toro. 1505. Nueva Recopilacion. 1567. Novisima Recopilacion. 1700-1805.	Forum judicum. *Usatges.* 1068. Fueros municipales. Costumbres de Lérida. 1229. Costumbres de Tortosa. 1279. *Constituciones.* Capitulos o Actos de Corte. Pragmaticas o Privilegios. Sentencias reales. Sentencias arbitrarias.	F. de Sobrarbe. *Compilacion de Huesca.* 1247. F. de Ejea. 1265. Privilegio de la Union. 1287. F. de Zaragoza. 1300. Id. 1301. Cortes de Alagon. 1307. Id. de Daroca. 1311. 1340. — Libro X de la Compilacion de Huesca. 1390. — Libro XI. 1398-1404. — Libro XII. 1413-1467. — Novem codices novissimi. Liber de excelsis. Observancias. Observancias de D. Martin Diaz de **Aux** (1427-1428). **VALENTIA** 1239. — F. General.	F. de Sobrarbe. Fueros municipales. *Fuero general* (1300). Amejoramiento de D. Phelipe de Ebreus. 1330. Amejoramiento de D. Carlos el Noble. 1418.	**ALAVA** Fueros municipales. (1126-1337). **BISCAYA** Fueros municipales. Fuero general (1343, 1452, 1527). **GUIPUZCOA** Fueros particulares (1150-1346). Fuero general (1200?, 1375, 1377, 1397).

CAEN, IMPRIMERIE HENRI DELESQUES, RUE FROIDE, 2.

ERRATA.

Pages		ligne		
Pages 12,		ligne 1. —	tamem	— tamen.
— 19,		— 20. —	judicium	— judicum.
— id.,	note 4,	—	Gutierres	— Gutierrez.
— 31,		— 5. —	flagitio	flagitio.
— 37,		— 17. —	gubernamdaque	— gubernandaque.
— 48.		— 15. —	(2)	— *deleatur.*
— id.,		— 17. —	(3)	— (4).
— 57,	notes,	— 5. —	Iuventaire	— Inventaire.
— 64,	notes,	2. —	Autequera	— Antequera.
— 69,	notes,	1. —	Gutierres	— Gutierrez.
— 108,		5. —	Questores	— Quæstores.

www.ingramcontent.com/pod-product-compliance
Lightning Source LLC
LaVergne TN
LVHW012019220826
846092LV00001B/411

9782329757315